春风化雨 桃李芬芳

——一位中学校长的教学手记

张颜 著

天津出版传媒集团
天津人民出版社

图书在版编目（CIP）数据

春风化雨 桃李芬芳 / 张颜著. -- 天津 : 天津人民出版社, 2019.7 （2025.4重印）

ISBN 978-7-201-14895-3

Ⅰ. ①春… Ⅱ. ①张… Ⅲ. ①散文集—中国—当代 Ⅳ. ①I267

中国版本图书馆CIP数据核字（2019）第138023号

春风化雨 桃李芬芳

CHUNFENGHUAYU TAOLIFENFANG

出　　版　天津人民出版社
出 版 人　刘　庆
地　　址　天津市和平区西康路 35 号康岳大厦
邮政编码　300051
网　　址　http://www.tjrmcbs.com
电子邮箱　reader@tjrmcbs.com

责任编辑　张潇文

特约编辑　李　路　何沁泉
排版设计　百川嘉汇

制版印刷　三河市嘉科万达彩色印刷有限公司
经　　销　新华书店
开　　本　710×1000毫米　1/16
印　　张　14.5
字　　数　197千字
版次印次　2019年7月第1版　2025年4月第3次印刷
定　　价　49.80元

目　录

构建“五化”课堂 深化教学改革

自2012年开始，以区域生命教育总课题为引领，笔者在学校开始推行以“教法学法化、能力特色化、习惯自主化、管理生态化、德育学科化”为中心的课堂教学改革，大力加强课堂教学研究，取得了丰硕的理论和实践成果。

“五化”课堂教学模式的理论依据是认知心理学理论、建构主义理论、生态化管理理论、教学模式理论，主要包括以下九个方面的研究内容。

1. 学生的认知规律和学科的学习规律研究；
2. 各学科不同课型的学习方法研究；
3. 学生各学科良好学习习惯和核心能力的培养；
4. 以预习、展示为主的教学方式构建；
5. 有效备课模式的构建；
6. 小组合作团队学习机制的构建；
7. 基于课堂教学、学科活动、综合性学习的学科能力培养体系研究；
8. 基于教材的单元学案开发；
9. 基于小组合作学习的生态化管理模式构建。

具体来说，教法学法化是主线，能力特色化是亮点，习惯自主化是基础，管理生态化是环境，德育学科化是途径。

一、教法学法化——教学设计的基本思路

在构建“五化”课堂中，笔者把教法学法化放在了首位，这是课堂教学展开的基础，也是一堂课的逻辑架构的主线。一节课，缺乏有效的设计，缺乏科学合理的逻辑链条，缺乏以学生为主体的学习目标、学习内容、学习方法的主体凸显，那么能力的形成、习惯的培养、生态的管理及德育的渗透，效果都将大打折扣，甚至变成空中楼阁。

教学是教师教和学生学所组成的一种双向活动，教法和学法是不可分割的，教法渗透着学法，学法渗透着教法。但是，教师教法的基础是学生的学法，教法要遵循学生学习的特点和规律。“学然后知不足，教然后知困。知不足，然后能自反也；知困，然后能自强也。故曰：教学相长也。”教法和学法的目标、任务、评价相同，活动空间和时间一致，整个教学过程也就是一个从教到学的转化过程。在这个过程中，教师的主导作用不断转化为学生的主观能动性。随着学生的自我意识、学习能力、知识水平和发展水平由小到大的不断增长，教师的作用在量上也就发生与之相反的变化。

叶圣陶先生言：“教任何一门课程，最终目的都在于达到不需要教。假如学生进入这一境界，能够自己去探索，自己去辨析，自己去历练，从而获得正确的知识和熟练的能力，岂不是就不需要教了吗？”教是为了达到“不需要教”，由教法为主转化为学法为主，使学生能自主学习。

教法学法化是指在课堂教学过程中，教师的教学方法主要体现在以学生的认知规律和学科的学习规律为主的学习方法之中，整个课堂教学流程以学生的自主展示、探究为主，目的是培养学生的自主学习能力。

教法学法化，首要的是教师要了解学生的学习效率、生活经验、已有知识水平和能力等。其次，教师要加强指导，给学生做出示范，使学生明白教师的意图；同时要加强学生的实践活动，在学生的实践中完成由教法到学法的

转化。

教法学法化的实施，要求每位教师结合初中学生的特点，从学生的角度研究本学科的学习规律，并融合课堂教学中小组合作探究的教学组织规律，总结出一些易于操作的学习方法。教法学法化的课堂教学分组要点是：明确目标、个人自学、组内交流、汇报评价、总结归纳，让学生自主、合作、探究地展开学习。

以语文阅读课为例。

语文阅读的规律可以分为三个层次：

1．内容：写什么。整体感知——略读，跳读，猜读。

2．形式：怎么写。分析解剖——精读。

3．形式与内容的关系：为什么这么写。特色探究——研读。

以《谈骨气》为例。

写什么：中心论点、所用论据。

怎么写：思路、顺序、语言、表达。

为什么这么写：为证明中心论点服务。

要实践教法学法化，首先，由此具体概括出议论文学习方法，即要探究以下内容：①论题；②论点；③论据；④结构；⑤证法；⑥方式；⑦语言。

其次，将以上学习方法和五步教学方法互相配合，熟练后灵活变通，这样就构成了教法学法化的具体操作流程。

学习有法，但无定法，条条大路通罗马，千万不可模式化。

二、能力特色化——培养学生学科能力的关键

在推进研究性学习的过程中，有一种现象很为大家诟病，就是：无论什么学科，老师带领学生围绕着若干问题进行研究合作展示，这对培养学生的思维

能力很有好处，但是却淹没了各个学科的特色，学生的各学科能力的培养被弱化。这于学生的发展甚至学生人格的形成都是不利的。基于此点，我们提出了在课堂教学中要实现“能力特色化”。

能力特色化是指，在教法学法化的课堂教学过程中，虽然学习模式是小组合作团队学习，重在理性探究和思维能力的培养，但学科特色不能丢，务必要在教学设计中针对本学科要培养的学生的核心能力设计学科活动，进行特色化训练。以语文教学为例：朗读是其重要特色；要体现出汉语特质；要体现体裁特点，诗歌、散文、小说、戏剧、新闻、评论，等等；注重感悟与表达。这些都要在教学设计中予以体现。很重要的一个实施策略就是：将课堂教学中每个环节的任务设计成学科特色能力的训练。所设计的研讨问题，要不但能直指文本和中心，而且是本学科特色能力的探究；所涉及的活动，要时时考虑以培养本学科的能力为目的。总之，问题、任务、活动都紧贴学科能力来设计，就会实现能力特色化。

没有特色化的学科活动，就不会形成学生的能力，这里指的是必要的、有针对性、富有思维含量的活动。充分调动学生的学习兴趣，从学情出发，认真考虑学生的认知规律、学习体验、学习过程和时间，结合学科特点及文本要求，设计出精彩的学科特色活动，让学生不断获得新的学习体验，享受成功的喜悦，进而促进学生学科特色能力的形成。学科特色活动因学科而异，比如语文学科的听、说、读、写，数学学科的推理、计算，物理、化学学科的实验探究。学科能力的培养，不仅在课堂教学上，还在学科活动、综合学习和研究性学习等学习活动中。

很重要的一点是，培养学生的学科能力，要求老师具有较强的本学科能力。比如语文学科，其学科能力的制高点就是文言能力和写作能力。教师要谙熟本学科的知识能力体系与本学科教学体系的逻辑，特别要发现本学科知识体系中独有的原理，并能在教学活动中将这种独有的感受传达给学生。这对培养学生的能力是至关重要的。我们很难相信：一个不会写作、没有文言基础的老师，会培养熏陶出语文学科的尖子生；一个不善逻辑思维的数学老师能够启发学生的逻辑思维。

能力特色化训练还体现在校本课程建设与学科活动上，渠道包括课堂教学、学科活动、综合学习等方面。

三、习惯自主化——培养学生良好的习惯

良好习惯养成的过程，就是能力形成的过程。当学生的行为形成习惯，习惯内化为品质，那学生收获的不仅仅是能力和成绩，更是一种非常丰富的生命行为，学生将受益非常。比如，一位同学文笔优秀，这和其乐于读书、勤于动笔、善于思考等平时的良好习惯是分不开的。

在教学实践中，有些老师的课非常精彩，但是学生的成绩和学科能力却不令人满意。像这种“花瓶教师”的出现，多数是老师没有重视培养学生的良好学习习惯所致。

良好的学习习惯养成伊始，一般要依靠有效训练和老师指导。最主要的是要激发学生学习兴趣，并严字当头，因材施教，循序渐进，持之以恒，示范指点，表扬激励，直至最后养成学生自主学习的习惯。这是提升学生能力、厚淀学生素养、内化学生品质的必由之路。

以语文学科示例。语文学科的学习习惯包括：

1．积累的习惯。要积累语言、生活经验、思想。其中积累思想很难，要求教师采取多种措施，激活学生思维，具体如：使用专门的笔记本积累语言，写日记、周记、札记，感悟哲理名言，等等。

2．读书的习惯。一是广泛涉猎；二是诵读，经典名篇熟读成诵。

3．表达的习惯。口头表达：读书汇报、课前演讲、美文欣赏、工作述职。书面表达：又快又好地书写。

4．思考的习惯。动脑思考，不要变成两脚书橱。

如果一个学生形成了乐于积累、勤于思考、善于表达、工于读书的习惯，学生的语文能力及素养怎会不高呢？所以，教师必须要善于结合学科学习帮助学生养成良好的学习习惯。

四、管理生态化——生态管理、民主参与是课堂组织的核心

管理理论的新概念是生态化原则，表现在课堂教学上主要是：注重师生之间、学生之间、小组之间的民主、宽松、和谐的关系，真正做到以人为本，以学生的发展为本，使学生学得自由，教师教得愉快，让不同质的学生都有所发展、有所收获。具体就是形成以小组合作、团队学习为保障的管理机制。

学校实际上应该是个生态园，具有培养完整的人的独特使命，还要为实现人的各方面潜能提供条件，并关心学生基础性的情感及道德品质的养成。各学科内容复杂，以语文学科为例，包括字、词、句、篇，语、修、逻、文，听、说、读、写，并且语文能力的形成又要靠大量的实践。因此要建立科学生态的管理系统。语文学科的生态管理系统包括：优化学习合作小组，优化班级管理机构，编制学习日历，建立个性档案。

其中，组建小组是关键所在，要根据学生的性格、能力、成绩将学生分成4～6人一组的学习小组，小组成员要合理分工，有效合作。

1．责任命名。发言人、计时员、计分员、组内学科长、班级学术助理、学委。

2．构建体系。学科团队：组内学科长→班级学术助理→学委→学科教师。管理团队：组员→小组长→班长→班主任。教师团队：任课教师→班主任→教导处。

组内人员互相监督，每人负责一项监督项目：阅读、写作、听说、课外活

动，等等。注重考核，小组长发挥作用。

同时，要优化班级管理机构：

1. 设立监察、后勤、财政、卫生、保健、学习、劳动、生活、文艺、团委等十个部，各部设部长一人，其余所有成员均为部员，承包班级各项工作。

2. 各学科设班级学科学术助理一人，沟通师生的教学情况。

3. 成立读书会，每月组织一次读书报告会，并组织学生课前演讲，举行学生作文展评。

在整个宏观的国家教育课程管理中，也要实施生态化管理。目前总体上实行国家、地方、学校三级课程管理机制。这无疑是新一轮课程改革中的一大突破与创新，学校获得了前所未有的课程自主权，同时也承担相应的课程责任。在课程管理方面，值得我们关注的是，学校课程管理中要体现以学生为本的理念，管理要为学校服务，主要由核心机制和保障机制完成。核心机制主要有三个组成要素：学生需求评估机制、学生选择机制、学生参与机制。

为保障课程管理的有效性，还要健全教师激励机制和培训机制。学校除了给课时费外，学期末还要组织对实施课程改革的教师进行绩效考评，根据评价等级给予奖励。

五、德育学科化——立德树人的根本所在

立德树人的做法，抓住了育人的根本，把关注点放在了人的身上，放在了人的品德上。对于学校来讲，如果不能在学科教学中实现立德树人，那么其他的德育方式都是苍白无力、收效甚微的。

对于学科教学来讲，学科本身的知识、相关的能力、内在的逻辑本身就会实现世界对人的一种作用。学科知识、相关的态度和方法，这些都会作用于学生，改变学生的思维态度和学习方式，是知识人格化的过程。

教师有了对学科独特的、正确的、深入的理解，才能将立德树人融入自己的学科、自己的课堂。教师要结合学科特点，挖掘学科知识中的良知和德能，这既为学校立德树人提供了载体与阵地，更为自己的学科教学寻找到了科学方法与归宿。

由学科教学走向学科教育，由学科学习走向学科素养的养成，是师生共同深化课改的关键，是课堂教学的灵魂所在。而这也恰是立德树人的主要途径和基础——德育学科化。品德只能由品德来塑造，人格只能由人格来培养，教育的本质是精神的流转，所以，教师的境界有多高，教育的境界就有多高。

德育学科化，要做到育人为本、情感渗透、加强研究、全程渗透。

“五化”课堂的研究与实践，是在传授知识、培养习惯、科学管理的过程中，实现立德育人；在研究的过程中，系统构建基于自学加展示的课堂教学范式。“五化”课堂创新了常规教学，有效地实现了教学方式和学习方式的转变，进一步落实了新课程理念，提高了课堂教学效率，实现了教育由知识本位向学生综合素质本位的转变，促进了学生和谐发展和自主发展。

深入推进“五化”自主课堂改革

“五化”自主课堂的核心是：自主学习是主体，小组互助是关键，展示交流的平台，能力提升是根本。

其中包括一个中心：让学习真正成为学生自主的行为；两个载体分别是：学习小组和导学提纲；三大主题分别是：自主、合作、交流；四大原则分别是：化散为整与模块推进的原则、自主学习与精讲点拨相结合的原则、预设与生成相结合的原则、知识学习与能力培养相结合的原则；五大环节分别是：确定目标、个体自学、交流切磋、汇报评价、总结归纳。

其中学生自主参与学习活动体验和由此带来的主人地位的获得是学习主动性的主要源泉。让学生自己主动地进行学习，让学生真正成为学习的主人，是学生真正学好的根本所在。因此要做好以下几方面的研究。

一是研究和构建“五化”自主课堂教学各课型的教学流程，要通过优质课、观摩课、示范课等形式进行上课和磨课，使教师能实践并能熟练地运用自主课堂教学流程和教学策略，巩固和发展自主课堂教学改革成果。

二是要积极倡导自主、合作、探究的学习方式，全面加强学习小组的建设，总结推广成功经验，发挥小组教学的高效作用，同时要建立相应的、完善的小组课堂教学评价体系，要以语数外大教研组和名师工作室为依托，积极开展学科建模活动和教师个人个性化教学模式构建活动，凝聚集体智慧、发挥群体力量，推进自主课堂改革向纵深发展。

三是开展课改之星、课改骨干评选，加强课改工作室建设，开展名师带徒青蓝结对工程，充分发挥已经取得一定成效的课改教师的示范引领和辐射带动作用。

四是开展各学科研读新课标学习活动，因为通过研究你就会发现，现在进行课改的很多东西在课标当中已经有了明确的规定，所以课改深入的一个重要方面，就是要结合课标开展说课标、说教材活动，要引导教师研究课标、研读教材、研究课堂、研究教法、研究学法。

五是实施课堂教学观察研究计划，采取课堂观察、观课报告和心得反思等措施，推进“五化”自主课堂教学改革，提升教师讲课水平，提高课堂效率，促进师生共同发展。

六是在某些学科、某些班级可以实现个性化分层走班教学，当然这只是个尝试。

七是要根据学生实际水平严格规范作业管理，分层布置作业，实行全批全改、及时反馈、检查落实、定期公布的作业评改机制，积极实行作业个性化改革。

八是最难的，就是配合教学方法改革，同步地要进行校本课程的建设，如果没有一套成型的、成体系的校本课程，那么教学方法改革只是在局部上做文章，而校本课程的建设，又涉及国家课程校本化研究，这些都要系统考虑，同步进行，否则都难以取得成效。

教法学法化与建构主义学习观

教学方法改革是课程改革的核心，因为教学方法合理科学，能更好地实现传授知识、培养智能的目的，同时在教学过程中还能更好地体现对情感、态度、价值观培养。一般来讲，教学方法包括讲授法、讨论法、演示法、练习法、读书指导法。但是，新课程改革的两大基础理论支撑，也就是多元智能和建构主义，对整个教学过程的设计有着特别重要的指导意义。尤其是建构主义，对教学过程，尤其是教学方法的革新有着重要的意义。我们在进行“五化”课堂研究，而建构主义的教学观对“五化”课堂中的教法学法化研究具有直接的指导作用。下面摘取建构主义学习观及三种教学方法，来进一步论证与丰富“五化”课堂教学方法理论体系的构建。

建构主义又称结构主义，它是认知主义的进一步发展。建构主义者认为，我们是以自己的经验为基础来建构现实的。每个人的经验以及对经验的信念不同，导致人们对外部世界的理解也不同。因此，建构主义十分关注以原有的经验、心理结构和信念为基础来建构知识，强调学习的主动性、社会性和情境性，对学习和教学方法提出了许多新的观点。

一、建构主义学习观

（一）学习是学习者主动地建构内部心理表征的过程，这个学习过程同时包括两个方面的建构。

建构主义者古宁汉认为："学习是建构内在的心理表征的过程，学习者并不是把知识从外界搬到记忆中，而是以已有的经验为基础，通过与外界的相互作用来建构新的理解。"也就是说，学习要建构关于事物极其过程的表征，但它并不是外界的直接翻版，而是通过已有的认知结构对新信息进行加工而建成的。在这个加工过程中，每个学习者都在以自己原有的经验系统为基础对新的信息进行编码，建构自己的理解；同时，原有知识由于新经验的介入而发生调整和改变，因此，学习并不是简单的信息积累，它包含由于新旧经验的冲突而引发的观念转变和结构重组，学习过程是新旧经验反复的、双向的相互作用过程。由此可以推断出，学习是一个主动建构的过程，学习者不是被动地吸收信息，而是主动地建构信息，这里的建构一方面是对新信息的意义的建构，另一方面也包含对原有经验的改造或重组。

（二）学习者以自己的方式建构对事物的理解，因而世界上不存在唯一的标准的理解，但学习者的合作可以使理解更加丰富和全面。

建构主义者认为，将各种观念、概念甚至整个知识体系仅仅通过字词就可以由说话者传给听话者的这种传统教学的看法和做法是不对的。因为事物的意义并非完全独立于我们而存在，而是源于我们的建构。每个学习者并不是空着脑袋走进教室的，在日常生活和学习过程中，已经形成了相当的经验，每个人都以自己的方式看待事物，因此，教学不能无视学生的这些经验，而是要把儿童现有的知识经验作为新知识的增长点，引导儿童从原有的知识经验中"生长"出新的知识经验。教学不是知识的传递，而是知识的处理和转换。教师不是知识的呈现者，而是引导学生丰富和调整自己的理解。学习者对问题理解的差异性，在学习者的共同体中恰好构成了一种宝贵的学习资源。所以，合作学习受到建构主义者的广泛重视。

二、建构主义的教学方法

建构主义以其自己的学习理论为指导，提出了相应的教学方法。下面介绍几种主要的建构主义的教学方法。

（一）支架式教学

“支架”原本指建筑行业中使用的脚手架，在这里用来形象地描述一种教学方式：儿童被看作是一座建筑，儿童的“学”是在不断地、积极地建构自身的过程；而教师的“教”则是一个必要的脚手架，支持儿童不断地建构自己，不断建造新的能力。支架式教学是以苏联著名心理学家维果斯基的“最近发展区”理论为依据的。维果斯基认为，在测定儿童智力发展时，应至少确定儿童的两种发展水平：一是儿童现有的发展水平，一种是潜在的发展水平，这两种水平之间的区域被称为“最近发展区”。教学应从儿童潜在的发展水平开始，不断创造新的“最近发展区”。支架教学中的“支架”应根据学生的“最近发展区”来建立，通过支架作用不停地将学生的智力从一个水平引导到另一个更高的水平。

支架式教学包括以下几个环节：

1. 搭建支架。围绕当前的学习问题，按照“最近发展区”的要求建立概念框架。

2. 进入情境。将学生引入一定的问题情境中，并提供可能获得的工具。

3. 进行探索。探索开始时先由教师启发引导（如演示或介绍理解类似概念过程），然后让学生自己去分析，独立探索。在学生独立探索的过程中，教师要适时加以提示，帮助学生沿概念框架逐步攀升。但要注意，教师的引导应逐渐减少，以使学生最后能自己在概念框架中继续攀登。

4．协作学习。进行小组协商、讨论，在共享集体思维成果的基础上达到对当前所学概念比较全面、正确的理解，最终完成对所学知识的意义建构。

（二）情境性教学

建构主义认为学习者要想完成对所学知识的意义建构，即达到对该知识所反映事物的性质、规律以及与其他事物之间联系的深刻理解，最好的办法是让学习者到现实世界的真实环境中去感受、去体验，因此，这种教学要求学习应在与现实情境相类似的情境中发生，以解决学生在现实生活中遇到的实际问题为目标，学习的内容要选择真实性任务，不能对其做过于简单化的处理，以免使其远离真实的问题情境；教师需要在课堂上提供解决问题的原型，并引导学生像现实中专家解决问题似的进行探索，而不是将提前准备好的内容教给学生；情境性教学不需要独立于教学过程的测验，因为在学习中对具体问题的解决过程本身就反映了学习的效果。由于确定实际问题或真实性任务被形象地比喻为“抛锚”，因为一旦问题或任务被确定了，整个教学内容和教学进程也就确定了（就像轮船被锚固定一样），因此，情境性教学又称抛锚式教学。

情境性教学包括以下几个环节：

1．创设情境。创设一定的情境，使学习能在和现实情况基本一致或相类似的情境中发生。

2．确定问题。在上述情境下，选择出与当前主题密切相关的真实性事件或问题作为学习的中心内容。

3．自主学习。教师向学生提供解决该问题的线索（如从何处获取有关的信息资料、现实中专家解决类似问题的探索过程等），发展学生的自主学习能力（包括确定完成学习任务所需要的知识点清单、获取有关信息与资料的能力、利用和评价有关信息与资料的能力等）。

4．协作学习。学生间进行讨论、交流，以补充、修正、加深每个学生对当前问题的理解。

（三）随机进入教学

所谓随机进入教学是指学习者可以随意通过不同途径、不同方式进入同样教学内容的学习，从而获得对同一事物或同一问题的多方面的认识和理解。世界上的事物和问题是具有复杂性和多面性的，从不同角度去认识，会有不同的理解。因此，要对某一事物或问题获得较全面而深入的理解，就要对同样内容的学习在不同的时间多次进行，每次的教学情境、目的都是不同的，分别着眼于问题的不同侧面，以使学习者获得对事物全貌的理解和认识上的飞跃，提高灵活运用所学知识的能力。

随机进入教学主要包括以下几个环节：

1. 呈现基本情境。向学生呈现与当前学习主题的基本内容相关的情境。

2. 随机进入学习。根据学生“随机进入”学习所选择的内容而呈现与当前学习主题的不同特性相关联的情境。

3. 思维发展训练。由于随机进入学习的内容比较复杂，涉及问题的许多方面，因此教师应特别注意发展学生的思维能力，尤其是学生的发散思维能力。这就要求教师应从有助于学生认知能力发展的角度提出问题，而非纯知识性提问。

4. 小组协作学习。围绕呈现不同情境所获得的认识展开小组讨论，使每一个学生的观点受到考查、评论，以促进学生对问题的全面理解。

建构主义教学理论是我进行“五化”课堂研究的理论基础，其中三种教学方式和课堂相融合，就是我所提到的五环节教学法，也就是“确定目标、自主学习、小组合作、班级讨论、师生归纳”，这也为“五化”课堂中的教法学法化的进一步发展奠定了基础，同时，其他的如“能力特色化、习惯自主化、管理生态化、德育学科化”，都进一步凸显了学科的特色，而弥补了建构主义只注重建构和发展思维而忽视学科特色、能力培养与情感熏陶、价值引领的不足。

信息技术与“五化”课堂的构建

一、信息技术与常规教学的融合——教法学法化

在推进课堂教学改革中，最为人们所不满的，就是学生课业负担过重和课堂教学效率低下，而这两个问题，都会借助信息技术有很大的改观和提高。

目前，基础教育领域课程教学改革模式很多，反映了一线的老师们立足自己的实践、总结自己的经验的可贵探索，都值得肯定。我的理解，就是课堂教学改革首先要有足够的理论依据，因为无论什么改革都要符合规律，否则很难长久并难以取得收获；其次，既要有总体架构，还要有操作原则，概括起来说，就是既要是一种操作理念，还要是一种方法，在此之下演绎出异彩纷呈的教学模式。基于此点，我们提出了构建“五化”课堂的主张，即教法学法化、能力特色化、习惯自主化、管理生态化、德育学科化。

那么，在实施教法学法化的过程中，如何恰当地借助信息技术来推进教学改革呢?

教法学法化是指，在课堂教学过程中，教师的教学方法主要体现在以学生的认知规律和学科的学习规律为主的学习方法之中，整个课堂教学流程以学生

的自主展示探究为主，目的是培养学生的自主学习能力。

教法和学法是不可分割的，教法渗透着学法，学法渗透着教法，但是，教师教法的基础是学生的学法，教法要遵循学生学习的特点和规律。教法和学法的目标、任务、评价相同，活动空间和时间一致，整个教学过程也就是一个“从教到学”的转化过程。在这个过程中，教师的主导作用不断转化为学生的主观能动性。随着学生的自我意识、学习能力、知识水平和发展水平由小到大的不断增长，教师的作用在量上也就发生与之相反的变化。

遵循自主、合作、探究的学习方式，预习加展示的环节非常符合教法学法化的尝试，同时，导学案、问题单、前置作业等内容，肯定会被慕课、微课、翻转课堂所代替，诸多论述已经完备，这里主要是强调借助资源和个性化指导的问题。

现在，网络课程资源日益完备，碎片化系统学习日渐兴起。在新形势下，我们要研究的，不仅是课程资源的建设，相关的课程资源使用过程中，老师如何实时地在网上进行互动和指导，也是个值得研究的问题。或者说学生在完成进阶作业时出现了障碍，那么教师如何指导；学生在反复观看回放视频后仍然不理解，教师如何及时地予以指导；或者说如何将其生成新的教学资源在第二天的课堂上予以解决。信息环境下的预习和第二天的课堂展示，如何微妙地衔接结合起来，是教法学法化的一个重点问题。

在展示的环节，教师的课堂组织要素可以概括为：确定目标、学生自学、小组交流、组间交流、总结归纳、迁移拓展。

一般情况下，根据预习的情况，教师和学生要共定学习目标并分条板书，要确定本课时的上限目标和下限目标。在洋思中学观摩赛课时，一位老师在整节课的幻灯片上，始终在某个位置呈现教学目标，这个做法就很好；学生自学后，必须要有检查，这时也可以借助信息化手段，现在课堂上使用的电子书包的方式，非常快捷有效，相信将来一定会普及；小组交流和组间交流，都可以借助信息手段，尤其是实物投影，会非常有效。甚至此时，可以信息手段为主。此处的关键是如何根据学情进行调整，以使信息化的内容根据实际情况得到及时的扬弃与自我肯定。我们常讲教育智慧，信息化环境下的教学机制，不仅需要教师有非常高的学科素养和教学经验，还需要教师对信息技术的使用非常熟练，要善于发动学生，因为现代的学生是信息技术的原住民，是他们骨子里的一部分。而在总结归纳、迁移拓展处，教师更可以利用信息技术手段，来扩大课堂的容量。

无论是在预习还是在展示环节，贯穿学习的始终，我们主张用一种学案，也就是单元学案，它可以将预习和展示、课内与课外联系起来。单元学案是以单元为单位，呈现的是学生在一个单元内的整个学习过程，其之前包括单元导读、学习目标、学习计划三个部分。就语文学科来讲，其包括：文本研读、巩固训练、拓展阅读、写作训练，这就将预习、展示、巩固、阅读、写作进行了一个完整的链条式训练。

在使用单元学案时，如果大量地印刷，会有很大的负担，但是，如果能将单元学案的内容利用信息技术的手段在网上予以呈现，不但会节约大量资源，还会提高效率，更富有实效。

教法学法化是自主、合作、探究学习方式的一种有效体现，其中所涉及的预习加展示、教学组织、学案呈现，都会因信息技术的大量介入而效率大增，肯定会出现令教师高兴、学生喜欢的动人局面。

二、信息技术和常规教学的融合——能力特色化与习惯自主化

教法学法化中，在预习加展示、教学组织要素、单元学案使用等方面，均可大量地、恰切地使用信息技术。那么，“五化”课堂构建中，关于能力特色化与习惯自主化的构建体现方面，信息技术会起什么作用呢？

能力特色化，是指在教法学法化的课堂教学过程中，虽然是小组合作团队

学习，重在理性探究和思维能力培养，但学科的特色不能丢，务必要在教学设计中针对本学科的核心能力，设计学科活动，进行特色化训练。实际上，就文科来讲，学科能力的培养和特色化训练，一般是排斥信息技术手段的，所以此处要慎用，因为再先进的信息手段，都无法替代培养学生的学科能力。能力的培养是实践性很强的活动，如语文的听说读写，都必须依靠大量的实践活动。

所以，信息技术的介入，要考虑的是如何进一步推进学科特色活动。没有学科特色活动，就不会形成学生的能力，这里指的是必要的、有针对性、富有思维含量的活动，可以利用信息技术创设良好的氛围，或是可以便捷地提供大量有价值的支持性的信息，以充分调动学生的学习兴趣。但是要从学情出发，认真考虑学生的认知规律、学习体验、学习过程和时间，结合学科特点及文本要求，设计出精彩的学科特色活动，让学生不断获得新的体验，享受成功的喜悦，进而提高学生的能力。这里不仅指课堂教学，还包括学科活动及综合学习。

能力特色化，非常强调教师能力的特色化，比如语文老师，主要是指写作能力与文言水平，同时教师要找到本学科的知识能力体系与本学科教学体系的逻辑，发现本学科中独有的原理；不然，老师的信息技术水平再高，也不会利于学生能力的培养，我们看到的一些年轻老师的课，信息技术使用得光怪陆离，但独缺乏学科特色，就是学科能力不强的缘故。

良好习惯养成的过程，就是学科能力形成的过程，所以，能力特色化和习惯自主化的培养密切相关。

习惯的养成过程，既是学科能力形成的过程，也是内化为品质的过程。良好的学习习惯养成伊始，必须靠训练才能形成，最主要的是要激发学生的学习兴趣，并严字当头、因材施教，循序渐进、持之以恒，示范指点、表扬激励，直至最后养成自主学习的习惯，这是提升能力、厚淀素养、内化品质的必由之路。

此处，借助信息技术资源，建立能力培养档案袋，对学生来说是非常有利的，主要是可以有一个清晰的量化统计，同时，有些具体的习惯培养，也可以借助信息技术来达成。比如，语文的积累的习惯，可以利用网络空间完成积累语言、生活、思想、哲理名言等；读书的习惯，更是可以利用电子版图书及网络图书便利的条件，去广泛涉猎，还可以借助电子课件每月举行读书汇报，还完全可以借助信息技术收集经典名篇去熟读成诵；关于口头表达和书面表达，也可以借助录音设备反复练习，尤其是在读书汇报、课前演讲、美文欣赏、工作述职等常规工作中。

另外，尤其是理科，完全可以借助信息技术，全方位地培养学生的良好习惯和学科能力，既可以有量的积累，也可以实现质的飞跃，在学习过程中，如能恰当地使用工具，比如数学的几何画板，更能提高学生的学科能力。而现在兴起的微课，对巩固基础知识、培养学科能力、厚淀学科素养、突破学科难点，更是有着特别的作用。更高一层次来讲，可以利用信息技术，围绕慕课的思路，以学生的能力和习惯培养为主题，将碎片化学习资源变成系统化的课程特色课程体系，这对学生的能力培养是非常有益的，而良好习惯内化为能力、终身学习能力内化为学生的美好品质，学生将获得影响其一生的生命体验和财富。

三、信息技术与常规教学的融合——管理生态化与德育学科化

“五化”课堂构建中，信息技术对管理生态化与德育学科化的构建，也是很有必要的。尤其是信息化的管理，对管理生态化很有必要，包括德育学科化，信息技术的介入都会提供大量的数据和材料。

首先是关于信息技术环境下的管理生态化课堂模式构建。

管理理论的新概念是生态化原则，主要是在课堂教学中要注重师生之间、学生之间、小组之间的民主、宽松、和谐的关系，真正地做到以人为本，以学

生的发展为本，学生学得自由，教师教得愉快，让不同质的学生都有所发展、有所收获。

各学科内容复杂，以语文学科为例，字词句篇、语修逻文、听说读写，并且语文能力的形成又要靠大量的实践，因此要建立科学生态的管理系统，必须借助信息化的管理手段，以语文学科为例，包括：1．优化学习合作小组；2．优化班级管理结构；3．编制高效学习日历；4．建立个性学习档案，其中都涉及信息技术的应用。

其中，关于组建合作学习小组，根据性格、能力、成绩将学生分成4～6人的学习小组，要合理分工、有效合作，分工包括：发言人+计时员+计分员+组内学科长+班级学术助理+学委。同时还要构建三个体系，一是学科团队：组内学科长+班级学术助理+学委+学科教师；二是管理团队：组员+小组长+班长+班主任；三是教师团队：任课教师+班主任+教导处。

这里的考核，要借助网络，设置电子档案。

同时，优化班级管理结构也需借助信息技术手段：

1．设立监察、后勤、财政、卫生、保健、学习、劳动、生活、文艺、团委十个部，各部设部长一人，其余所有成员均为部员，承包班级各项工作；

2．各学科设班级学科学术助理一人，沟通师生的教学情况；

3．成立读书会，每月组织一次读书报告会，并负责课前演讲与作文展评。

关于德育学科化，由学科教学走向学科教育，回归到育人的本质。

对学科教师来说，将德育融入自己的课堂、融入自己的学科，既为学校德育提供了载体与阵地，更为自己的学科教学寻找到了科学方法与归宿。既有利于教育功能的实现，也有利于教学目标的落实。

在课堂教学中，学科教学不能脱离学生的成长而开展，只有与学生的成长融为一体，才可能实现其教学任务，由学科教学走向学科教育，由学科学习走向学科素养，是师生共同深化课改的关键，是课堂教学的灵魂之所在。包括：

情感、态度、价值观。

对德育学科化中的信息技术的使用，表现在对德育目标、教学过程、学生学习方式的融合上，主要是充分发挥大学科的隐性育人功效，要求：

第一，教师结合学科特点把德育目标纳入学科教学目标之中，认真挖掘学科教材中的德育内容并找出最佳的教育点，把学生的德育教育和传授文化知识、发展能力结合起来；

第二，教师在教学过程中，注意运用创设情境、自主学习、合作互动、分层指导等教学策略，开发学生的交往潜能，实现与人交往、与人合作、和谐互动，促进学生全面发展；

第三，教师积极帮助学生完善学习方式，促进学生在自主合作和探索中主动学习，把学习的过程变成追求真知和享受生活的过程。

同时还要结合信息技术构建师生互动平台。主要有三方面：第一，学生社团活动；第二，校园四大节日；第三，校园艺术之星。

总之，结合信息技术促进管理生态化和德育学科化的课堂模式构建，会有很好的效果。

科大讯飞，数字化校园建设的有效载体

今天下午，我带领学校16位一线骨干教师，在朝阳区教育局参加了由科大讯飞举办的关于学校信息化建设合作项目论证会。我近期关于校园信息化建设的学习参观不少，包括前往成都、几去师大，都是关于教育信息化的会议，回来之后都有不同的感受，困惑居多。但是这次培训对我的触动很大，兴奋之余，让我对在学校层面具体实施信息化建设和教育教学的深度融合，有了清晰的认识和明确的思路，感觉非常实用。

作为一个一线教师和基层的教育管埋者，较之其他系统，我感觉科大讯飞系统有这样几个优势。

1．理念先进。作为一款专业信息系统，科大讯飞真的实现了和教育教学的深度融合。通过现场的展示，我感觉参研的人员，不仅有信息技术人员，更有一线的对基础教育各个层面都非常谙熟的教师、专家和学者，甚至都会看到背后学生和家长的影子，这是信息应用系统开发的关键。以往的各种软件，我们也看到了技术人员的努力，但总是脱离教学实际，虽有很高的技术成分，但就教学应用来讲，总有隔靴搔痒之感。科大讯飞的系统开发，正是找到了专业领域的最关键所在，实现了信息技术和教育教学的深度融合，使信息技术基于教育教学、为了教育教学、解决其存在的问题并提高效率，为教师的风格化教学和学生的个性化学习提供了最恰当的支撑。同时，该系统在立足本土的同时，还吸收了慕课、翻转课堂、微课等最新的信息技术成果，国际视野、本土成果、区域应用、深度融合，是科大讯飞的理念和价值所在，也是其技术生命的体现。

在解说时，培训人员不但操作熟练，而且教育教学术语的使用非常恰当，由此可窥见系统达到了立足教育教学、遵循教育教学规律，在实现教育本质的基础上去应用研发。

2. 系统设计。虽然不太清楚科大讯飞软件的开发年限，但是从现场展示来看，这款系统已经非常成熟，涵盖了整个教学管理的“教、学、考、评、管”，每个环节又有详细的操作细则，同时每个操作细则又能相互连贯、相辅相成、即时共享。我们感受到的，是研发者的智慧和实践，尤其是已经过一线的使用检验，这既是一个学校的办公软件，又是教育、教学软件，还是互相交流的平台。教育教学本是一体，各个学科先天也是浑然，只不过是在发展的某个阶段人为地将其分开，现在综合学科的出现大有合久必分、分久必合之势，而此系统的应用综合性、系统连贯性，正是符合教育发展的趋势，本来这种综合是非常复杂艰难的，但是此系统为学科的综合、教育教学的一体、整个过程的连贯，提供了一个极为简便的载体和平台，也是其生命力所在，正因为如此，我感觉此系统将来还会有发展潜力。

3. 资源丰富。在展示的过程中，我们看到了非常熟悉的习题、课件、学案、教案、考卷、动画、资料、微课，这些一线教师耳熟能详的资源，在经系统展示之后，变得非常可爱和亲切，按教材、按版本、按时间，应有尽有。这还不算，因为有云平台的支持，还有大数据的背景，更兼无限老师之间也可共享，老师们还可在使用期间生发出很多新的资源，上传无计，一般常用海量来形容，但是在无数老师的积极参与下，这种资源仿佛有了强大的衍生能力，会形成一种强劲的洋流，奔腾不息，循环无止，这是其强大的使用价值所在。

4. 针对性强。科大讯飞的信息系统，直接和基础教育领域的各个方面相结合，针对性非常强。这里的针对性，宏观上，直接关涉到了中小学校的整体改革，包括校园数字化建设、课程改革、人才培养模式研究。校园数字化建设目前的标准是实现校校通、班班通，而借助讯飞系统，可以实现人人通；后面的课程建设和人才培养模式研究都可以借助此项系统予以推进。后面要谈到建议，有一点就是课程建设中此项作用的发挥不足。

中观上，中小学的管理可以借助讯飞系统，实现革命性的改变。实际上，在企业管理、行政管理中，充分利用信息技术的成功案例早有先范，在教育领域还属走在后面的，但是讯飞也算走在了前头。

微观上，实际上也是最重要的，就是讯飞系统和课堂教学结合了起来。前阶段，我参加了好几次智慧课堂的研讨，从一线老师的角度看，都不满意，也就是前面所说的隔靴搔痒。讯飞系统非常明智，即将自己做了合理的定位，就是为老师的风格教、学生的个性学提供平台和支出，而不是妄自尊大，将信息技术抬到要冲淡其他学科本质、为其独尊的程度。实际上，信息技术也只不过是一门学科而已；在合理定位的同时，我们也看到了信息技术在课堂教学中的积极而为，很恰当、很得体。

是的，我们承认信息技术的革新，也就是生产力的发展，会给社会带来革命性的变化，但那种革命只是方式手段上的革命，就人的发展而言、就教育来讲，不管技术风云怎样变幻，构建学生的精神世界、实现人的发展，仍是教育的根本宗旨所在。

5. 使用便捷。作为高大上，应用中的讯飞走的却是平民路线，也就是：面向一线、操作简单、力求实效。以往的很多软件，因为操作复杂，难以为继，讯飞却明显地克服了这个弱点。以课堂上ipad的使用为例，在以前的小班化学习中，在各种听课中，因为没有条件实际操作，我对此的感觉是很神秘。但是在本次培训中，仅几分钟，我就完全有信心按照培训老师的指导在课堂上进行熟练的操作。越是有应用价值的，就会越简单，作为信息领域的宏大叙事，讯飞软件将系统的简单操作放在了重要的位置，这也足见其高明之处和大道至简的实践智慧。一线老师工作繁忙，如果操作烦琐，额外加重老师负担，那么，在一线很难推广。培训人员还展示了大量的应用实例，足见其所起的重要作用。通过培训，我们已经感到其明显会提高效率、减轻负担、改变方式，利于提高教育教学质量和育人水平。

虽然没有使用此款软件，但是也有一些建议和担忧。

1．因和常规工作重复，恐有加重负担之嫌。仅以教案一项为例，里面要求老师上传教案。就目前的实际来讲，教师按照学校的要求必须要认真完成教案，同时省市的各种远程培训，也都要求教师上传课件、教案、日志及各种研修成果，有的还和评职晋级挂钩，老师虽有怨言，没什么作用，但是还要完成。我自己虽然做行政工作，但是也参加各种培训，深感负担沉重，而且严重冲击常规教学；如果要使用科大讯飞，如果不从学校的角度做统一要求，肯定推广不开，有用有不用的，学校管理将陷入混乱；如果统一要求，和远程培训的冲突、和常规工作的重复，这不是学校所能解决的问题。这些现实的问题如不解决会严重限制讯飞系统在学校的推广。

2．讯飞系统对人文学科的作用。在备课时，尤其是文科，很重要的一步，是教师反复阅读文本，获得自己的难能体验和第一感受，这直接涉及和学生能否有心灵的交流。但是，教师过分依赖海量信息，不但会眼花缭乱，还会淹没第一感受。我亲眼见过一些老师，备课时利用信息技术的优势，直接下载参考相关资源，当然很多辅助音像资料会提高效率、渲染气氛，这已是不争的事实，但是过分依赖课件及微课资源，看似热闹省事，却没有触及心灵，会造成另外一种形式主义，由满堂灌、满堂问、满堂说变成满堂看。所以，信息技术只是手段，直接影响学生的，是教师的内在修养和自觉努力，信息技术只不过是教师职业素养的一部分。

3．在学科特色建设方面。原本，信息技术只是综合实践课的一个分支，但现在，其非常恰当地融入了各个学科，作用不可低估。但是，如果过分使用信息技术，将淹没学科的特色，有些学科的特色是不能依靠信息技术来传达的，尤其是一些学科特色能力的培养，比如语文的写作能力，学生不去实践、不认真读书、不引发生活的思考和感悟、没有语言的积累，是不会写出好文章的。虽然信息技术对学生积累材料、互相交流、师生鼓励都有作用，但其效有限。信息手段，如何在教学实践中打造学科的特色、提高学生的能力，值得思考。

4．怎样融入课程建设和改革。讯飞系统，对教学管理来讲，比较实用，但是针对课程改革，怎样开发，我还没有明显地感觉到。关键是，要想真正推动学校整体改革，教学管理已经很难胜任，因为有国家课程、地方课程、学校课程，还有校本特色课程的开发；学校内部的学科课程、综合课程、活动课程同时并存，还有校园的一些隐形课程和显性课程，这庞大的局面是教学管理所不能胜任的，必须走向课程管理。所以，科大讯飞还要结合一线教师、课程专家和教育行政业务部门，进一步研究如何进行辅助推进课程规划、学科建设、课程管理、课程评价。从现阶段来讲，科大讯飞只是做到了第二方面，即对学科建设的资源建设、常规教学做得很精彩，但是对学科建设中的教师团队建设还感不足。

时间很短，也没有亲自使用，所以优点可能挖掘不足，建议也不准确，但是这些并不妨碍我区和基层学校以讯飞系统为依托的教学信息化进程和校园数字化建设，我们将在实践中共同摸索前进。

讯飞技术和课堂教学及课程改革的深度融合

通过近两个月的接触实践，我们切身感受到了科大讯飞雄厚的研发能力及产品的卓越性能。通过梁雪、任娜等老师的示范引领课，我们进一步感到了相关技术及设备给课堂教学带来的可喜变化，也看到了依托科大讯飞的信息技术优势给提高课堂教学改革所开阔出的广阔前景。

下一步，我们的工作原则应该是示范、推普、融合、研发、培训相结合，在使示范课的模式更加典范的基础上，变成鲜活案例和有效经验。更关键的是，在推广的过程中，由一线教师在结合教学实践与具体应用，生成出一些新的经验，这是最有实践价值的。

1．示范：为全面普及提供鲜活案例和有效经验。前一阶段，在科大讯飞技术人员的协助和指导下，梁雪、任娜等六位老师做了示范课，起到了很好的引领作用，让其他老师进一步熟悉了讯飞学习机、一体机、与白板交互等先进设备及其强大的教学辅助功能，主要是展示了老师们在课堂上的应用，对学习机等设备在课堂的呈现时机与使用技巧有了初步的认识，不同学科的几位老师也积累了一些基于本学科的使用经验，这是讯飞的第一次试翼和亮相。其相关技术已比较成熟，关键还在于老师们利用和开发的问题。这次开放课，有两点需要注意和反思：一是所展示的二十分钟的微型课和平时的课堂会有很大差异，在一定程度上局限了常态式的推广；二是从头至尾一直有讯飞技术人员在支持，老师们基于讯飞设备与技术的基础上的独立使用能力还有待提高。这两个问题，恰是我们下一步工作的重点。简而言之，就是为讯飞技术在常态下的推广提供鲜活案例和有效经验。前阶段的示范课的主要目的是示范和展示，已经达到目的；下一阶段也要重在进行典型引领，而这样的引领重心要落在为常态的引领提供典型范式和实战经验上，要实现由尝试向推广的转变。所以，第一批的六位老师和第二批的十五位老师下一步的主要任务就在于此。

2．推普：让每位老师在课堂上都能适当运用讯飞技术。这是我们研究的终极目的之一，如老师们都能结合自己的课堂教学恰当使用讯飞设备与技术，学生会直接受益，对提高教育教学质量更会有很大的帮助。关于全体的推广，只是时间问题，目前来讲，具备三大基础：一是每个班级都已配有电子白板，和学习机能轻松地匹配上；二是老师们都已具有信息技术的使用基础，有些老师水平还相当成熟；三是讯飞系统性能卓越但操作简单，并且我们已经有一大批骨干教师能熟练使用了。基于这三个方面，加上组织有效，肯定会大面积推广。

推普的过程中，有两个问题要注意。

一是要严密地计划好时间段。此项信息技术实际是一项教学改革，属于信息技术和学科教学的深度融合系列，每个时间段都应该符合学习规律、认知规律及教学改革的规律，需要认真谋划，科学设计，基于总体，统筹兼顾，不可随意推着来。

二是要科学安排实验教师。哪些学科适宜迅速推广，而哪些年段需要循序渐进，怎样培养学科骨干，如何师徒帮带、强弱相偕，都需要组织者进行细致谋划。不然，在实施过程中会带来新的问题与混乱，影响进度和效果。

3．融合：将信息技术和学科与教法融合起来。要立足学科，有教法关照。信息技术是重要的教学手段，为个性化学习提供了保障，其定位在辅助上，信息技术无论在什么时候都不能覆盖学科的本质，即使能带来技术革命性的大变革，但只能处于辅助角色，如果过分夸大信息技术的作用，只会适得其反，尤其对一些人文学科将更是一种戕害。我们所讲的信息技术的融合，目前来说包括两个方面：一是和学科内容的融合，进一步凸显学科特色，这就需要教师认真地研究教学内容，充分调动学生、教材等多种课程资源来丰富自己的教学内容；二是和课堂的教学设计融合，教学方法是所有课程与教学改革的核心，信息技术必须紧随其后并融入其中。绝不能把原来的教师满堂讲变成现在信息技术的变形引领，这和那种被动的教法其实没有什么本质的区别。教师还要非常重视引导学生在信息技术的条件下进行自主、合作、探究等学习方式的运用。

4. 研发：注重使用过程中教师教学经验的生成。这里所说的研发，主要包括两方面：一是指讯飞相关设备及技术的开发及使用，信息技术可以说是日新月异，时进千里，所以讯飞也要及时吸收其他教育信息领域及信息技术领域的最新研究成果，比如和云计算、大数据、互联网+等的使用，同时还要借鉴国外关于慕课、翻转课堂、微课等最新的教育信息技术改革成果，实际在使用的过程中讯飞已经达到了国内很领先的程度；第二个方面就是教师们在具体运用中所生成的感受和体会，这些经验性的东西在推广的过程中的控制非常重要，这里有共同的东西，我们可以总结形成规律；还有一些个性化的成分，教师的情感如果能注入信息技术的使用当中，就会大幅度地弥补信息技术的缺憾，使教育教学的过程变得富有情趣和温度。所以教师乐于使用、善于使用，并将自己的情感注入其中，这些个性化的行为与所生成的经验，是在使用过程中非常重要的研发内容。

5. 培训：是整个开发使用过程的根本保证。培训工作，贯穿整个过程，和研发与使用是融为一体的，在过去的研究和未来开发当中，不包括这样的几个层次：一是讯飞专业技术人员对我校骨干教师的先期培训，到目前为止已经完成了两批30多人的培训，占全校任课教师总数的2/5。这些教师现在都能独立地使用讯飞系统进行课堂教学，培训效果非常显著；第二阶段应该是先行的骨干教师和讯飞技术人员对我校其余教师的后期培训，这一点应该纳入规划统筹考虑。

还有一个方面也是我一直倡导的，就是要利用合适的机会对部分同学或全体学生进行培训。现在的学生是信息技术领域的原住民，对于信息技术的喜爱、应用有着天然的禀赋，如能在总体计划中对学生的培训有着特殊的考虑，将极大地拓展讯飞系统的研发和使用天地，其前景是非常广阔和喜人的。

总之，我们要乘势而上，利用讯飞系统做好示范、推普、融合、研发、培训，不但要制订计划，还要和总体规划及课程与教学改革、教师队伍建设相结合，促进学校的总体改革。

关于智慧课堂

一、智慧课堂学习中

智慧课堂是个新生事物，可以说代表着教学改革发展进程中的一个流派，也是信息技术人的一个教学理想，其根本目的在于，通过信息技术与课堂教学的深度融合，实现教学的深度改革，从而促进学生发展。笔者有这样几点感受。

（一）关于智慧课堂与翻转课堂

华东师范大学立足于信息技术的改革，借鉴国外的慕课及翻转课堂的有效教学范式，创立了一种微课加翻转课堂的具有中国当代教育特色的教育方式，目前正全面推广。其强大的内生性生命力在于，在现代信息技术的大背景下，用微课代替了导学案问题单，用系统化碎片学习的方式，使整个课堂教学，尤其是课堂教学之前的预习，变得为学生所喜闻乐见，富有实效。现在所谓的智慧课堂，不太主张在课前用微课的形式进行预习，也不太主张在课堂教学当中进行翻转，而是寄希望于在课堂教学过程当中利用信息技术使课堂变得高效。就初衷来讲，慕课联盟、翻转课堂、智慧课堂，都是教学改革当中的有益探索，无所谓优劣好坏。就效果而言，翻转课堂在国内外已经取得了显著的成效，而智慧课堂在课堂教学模式构建上还没有特别经典的范式，或者说，智慧课堂在广大一线教师的头脑当中，并没有形成一个特别清晰的可操作的实践思路。

（二）关于智慧课堂的教学模型

智慧课堂有一个原理性、基础性的教学模型，主要包括布置任务问题驱动、知识学习、训练巩固梳理、拓展延伸。里面比较有特色的是问题布置与任务驱动，它要求教师在新课导入的时候，不但要联系生活创设情境，而且要明确任务，提出问题，激起学生的探究欲望。

（三）关于智慧课堂的几点困惑

智慧课堂重点是微课的设计与使用，主要包括以下几个方面。

1. 使用目的。微课设计与使用的重要标准，就是能否为实现教学目标达成服务。对整个课堂各个教学环节都进行微课设计，这不但增加老师的负担，有些环节也毫无必要。所以微课的设计，应该是在对整个教学设计通盘考虑之后，看哪些环节借助信息手段能使学生更易于理解和掌握，在此基础上进行设计。

2. 何时运用。因为智慧课堂不主张课前预习和实施翻转，所以微课一般都用在教学过程当中。智慧课堂的目的有两项，一是培养学生的自主学习能力，一是培养学生的个性化与创造性。不利用微课使学生在课前进行充分的预习，怎样有效地培养学生的自主学习和终身学习能力呢？另外，关于微课的使用，建议组委会让教师在实际教学的、与学生直接配合的过程中，去展示微课的使用时机。

3. 怎样融合。智慧课堂提倡信息技术与教学内容的深度融合，这个提法非常好，但是在教学过程当中怎样能够有效做到呢？实际地讲，有些学科根本做不到。这是由不同学科的本质所决定的。信息技术也只是众多学科的一门，在其他课上的基本功能就是扶助和支持，如果让整个信息技术占据了课堂的最主导地位，那么其他学科的特色就将失去。因此利用信息技术丰富课堂时，不可盲目夸大信息技术的主体作用，使其喧宾夺主。

4．教师技能。是否所有的老师都能做智慧课堂呢？是否信息技术比较优秀的老师就能够处理好智慧课堂呢？不见得。笔者认为，智慧课堂的根本、核心不在于信息技术，而在于老师本人的学科教学经验和育人能力。有老师这样说道："没有十年二十年的教学经验和积累，是做不了智慧课堂的。"这点非常有道理。学科依然是我们理解世界的重要手段，要在传授学科知识、培养学科能力、理解学科逻辑结构的基础上，帮助学生理解世界，透视人生，培养学生智慧。这里的"学科"包括的是不同的学科。没有哪一个学科能代替其他学科去实现育人的功能的。

社会及科技手段的变革，肯定会影响到教育教学改革，农业社会的韦编竹简笔墨纸砚，工业社会的幻灯投影电脑互联，现在信息社会的云存储大数据，这些都肯定会深刻影响整个教育教学领域。在发展的过程当中，以人为本，用学科去理解世界，透视人生，培养智慧，始终应该是我们重视和探究的。

二、智慧课堂领悟中

经过了一天的学习，观摩了几个非常有水平的微课展示，又兼听了专家及教授的点评，笔者对微课的制作及使用渐渐有了比较明晰的认识。

（一）什么是微课

微课不是一种课堂教学的形式，而是一种为学生自主学习提供支持的资源，用信息手段为教学和学习提供支持。不是教学过程中所有的环节都可以用微课进行设计，微课资源要为教学目标的达成服务，其主要形式不仅是知识的讲授，还包括方法的传授和能力的培养。

（二）关于微课资源的使用时机

微课资源可以在课前、课中和课后使用。课前的微课资源主要是供学生自主预习使用；课中的微课资源主要是供学生在学习过程中破解重难点使用；课后的微课资源主要是供学生反复复习、巩固强化使用。课前的微课资源和翻转课堂非常相似；课后的微课资源相当于复习巩固；智慧课堂下的微课资源主要是指课堂进行当中所使用的，目的主要是提高课堂效率，激发学生学习兴趣。一位教师说："微课资源的设计，要更多地从学情出发，考虑学生的感受。"这句话一语道破了微课资源的现实意义和实用功能，突出了其育人的本质。

（三）关于微课的形式

教师不能将45分钟的课堂设计都进行微课化。微课的时间必须控制在5~8分钟左右，时间再长就不称为"微课"了。同时也不可把微课和课堂实录、教学课件弄混，这一点是目前微课运用中教师比较容易犯的错误。

（四）关于微课的内容

一件微课资源，就是要针对一个知识点、一个问题或一个任务进行设计，不要求全、求多、求深。笔者参加过一个微课展示活动，展示过程中，我校参赛的四位老师这点做得都非常好，专家评委的点评都以我校老师的微课视频为例，并且引用了我校参赛老师的相关观点。微课内容要紧紧贴近学科本质，在传授知识、培养能力、理解学科结构的过程中，恰当深度地融入信息技术，要把微课设计放在整个学科教学和学习设计的宏观框架当中。

三、关于微课应用思路

学习结束，收获很多，接下来的问题就是怎样把所学的理论知识进一步转化为教育实践，以促进教育质量的提升。笔者有以下几点思考。

（一）进一步领悟微课内涵

在新奇、质疑与懵懂并存的心态中，我们接触到了微课，并渐渐对其有了一个清晰的印象。如果凭自己的理解给微课下个定义，那就是：在教学过程中，以激发学生的学习兴趣为前提，为了有效达成教学目标，突破重难点，提高课堂效率以及培养学生能力的需要，充分利用现代信息技术手段而设计的，时间不超过8分钟的微型课程资源。

微课和慕课不同的是：慕课一般用在学生预习的时候使用，以培养学生的自主预习、终身学习能力为主要目的；而微课可以用在课前课中课后，时间不同，其目的、效果也不同。微课和课堂当中使用的课件也不相同，课件是和整节课的教学设计及过程并行的，而微课只是针对一个知识点、一个问题，是为实现一个任务，突破一个目标而设计的。微课和课堂实录也不相同，课堂实录只是一种现场录像，而微课主要是为了讲解，要给出知识方法，一般还要结合具体的实例。

弄清楚了微课是什么，不是什么，并且有自己的理解和确切的认识，才有可能进行下一步研究，否则一切都无从谈起。

（二）要本着立足自己、实践本土应用的原则

任何形式的学习，都不能照搬照抄，照搬照抄来的东西会让师生水土不服，难有收获。学得真髓，立足自己的实践，总结自己的经验，将外来的种子植根于本土的土壤，才会有最终的收获。各个地方师资水平不同，学情有差异，课程资源有别；而对新生事物的理念转变要有一个过程；一些专家所提出的一些理想课程和现实的课程还有很大差异；首创难工，还要在实践过程中不断地进行矫正、补充和完善。这些都决定了引进新的教育理念和教学方法时，要以一线老师为研究主体，进行本土化的实践，绝不可照搬照抄。

（三）采取试点先行、逐步推广的策略

微课，如果大规模进入常规教学，将给整个教育教学带来很大的变化，因此需要有一个逐步推进并有效实践的过程。并且教改不容许失败、反复甚至倒退，这就要求仍要采取典型引路、试点先行的策略。要在实验班里选取不同学科的代表老师，让他们在教学过程当中逐步地使用微课，边研究，边实践，边推广，为本学科教师及同年级老师提供鲜活案例和有效经验。这样推进是比较

稳妥的。不能盲目全面推开，否则不但会加重老师的负担，而且会造成教学管理上的混乱，严重的还会降低教育教学质量及学校育人水平。

（四）努力探索，灵活运用创新课形式

微课的运用，会给常规教学带来巨大的变化，要求常规教学的某些环节必须做出相应的调整。如平常的集体备课，就要结合教学目标，在通篇谋定教学设计之后，对微课资源的脚本、相关设备、组内人员的分工等进行详细的安排。课堂教学中的微课使用前面已经阐述。在进行作业设计及学科能力拓展方面，微课资源的使用会有得天独厚的优势，比如语文阅读拓展训练，可以充分发挥微课的作用，利用微课，可以先介绍一种阅读的方法，然后以课内或课外的相关语段为例，进行有目的的阅读拓展训练。

此外，关于微课的制作，完全可以在教师的指导下，充分发挥学生的主体作用。让学生参与进来，会收到意想不到的效果，使微课资源真正焕发出生命力。

四、智慧教育的探索

笔者曾在外国语学校学习观摩智慧教育及微课的实践，在基层学校、一线老师那里，确实有一些比较成型的智慧教育的做法和探索。

比较流行的智慧教育，应该是这样定义的：将信息技术与学科教学深度融合，使教学过程数字化、网络化、智能化、多媒体化，促进教学中的开放共享交互和协作精神，深化学生对知识的理解与应用，培养学生的信息素养，提升学生的思维品质，造就适应未来智能化社会发展的有智慧的人才。总之，智慧教育就是想通过信息技术，让学生变得智慧起来。

关于智慧教育的定义，尚无统一标准，其理论依据与实践模式也并没有得到广大老师的认可。对智慧课堂，笔者有以下几点疑惑。

1．所谓的依托信息技术的智慧教育，真的能让人变得有智慧、聪明起来吗？智慧有多种定义，其前提是思维的灵活性、深刻性和多变性，并在实践当中能够有效地解决实际问题。仅靠信息技术，脱离了对学科知识结构及逻辑的根本理解，不依靠有效的实践活动，如此教学，学生能形成真正的智慧吗？

2．信息技术的广泛应用，对理科的训练似乎很有好处，但是对培养学生文科的人文素养来讲，有效果吗？在某种意义上，信息技术对人文学科是一种残害。比如对语文学科来讲，学生要借助文字，通过想象来理解人物，因此一千个读者就有一千个哈姆雷特，而如果把陈晓旭演的林黛玉通过屏幕放出来，谁能分清是林黛玉还是陈晓旭呢？文学味、语文味及想象的翅膀都在哪里呢？

3．智慧课堂中的信息技术的作用，实际上不能促动学生的个性化学习及创造性思维的培养，我们的理解是，信息化的作用是为学生的个性化学习提供支撑，这是其本质功能所在，实际上其功能也仅限于此。一线校长及老师们对智慧教育的理解及模式构建，还比较靠谱，但是有些专家学者，理想化地无限扩大信息技术在教学过程当中的作用，从教育本质及学科特色来讲，这种理论会有多大的生命力呢？

关于智慧课堂教学的构建，学校的研究还是非常有价值的，其主要流程包括：以翻转课堂为前提，以问题设置为导入，以信息技术为载体，以知识构建为呈现，以小组合作为补充，以教师点拨为升华。

关于智慧教育及生命课堂的构建，共探索的努力是难得的，但是对教育本质及学科教学特色的追问，应是前提！

对深化教学工作的几点思考

因为要进行期末工作总结，所以对近期相关工作进行了梳理，发现了存在的一些问题，也引起了我对下一步工作的思考，这些存在的问题也是我们努力解决的方向。关于教学方面的，大致有以下几点。

1．常规教学：夯实，深化，创新。常规教学是学校各项工作的重中之重，其备、讲、批、辅、考是一线教师的常态生活，也是加强教师队伍建设和提高教育教学质量的最主要基石。无论是一线教师还是教学管理者，都要处处夯实、务求实效，总之，突出的是一个“头”字，来不得半点虚伪和造作。一个老师，如果不认真备课、不追求有效课堂、不认真进行作业批改、不和学生进行心灵的沟通和辅导，怎么能提高教学成绩呢？又何谈育人的质量和水平呢？一线的教学管理者，如果只满足于检查作业看页数、检查教案看次数、检查听课看节数，停留在这些量的表面上，没有发现存在的问题，或是发现了问题却没有采取有力措施，一抓到底抓出实效，怎能解决问题呢？所以说了这么多，问题意识非常关键：在夯实的基础上，发现存在的问题，群策群力地制定措施并有效地实施，是智慧的管理者和教师的行为表现。前面提到的深化，就是这个意思。

至于常规教学的创新，更是提高教学质量和育人水平的关键。需要教师和管理者有足够的热情及对工作的热爱，这是前提，这样的教师和管理者会碰撞出智慧的火花，创造性地开展工作。创新的途径有以下几种：一是要在学科有效教学及突出学科的基础上，大力推进课堂教学改革；二是自主进行学科课程建设及自身成长研究；三是要借助现代信息技术，飞速发展的信息技术对教学的革新已经是必然的，所以，如何在常规教学及管理中突出信息技术对个性化学习的支撑，从而提高效率、增强互动，这是常新常规教学的关键所在。

2. 教学改革：教法学法研究。教学改革众说纷纭，但是其核心在于教学方法的革新。教学方法也是历次课程与教学改革的核心，其成败大部分要看教师的教学方法。到了一所学校，在听课的时候，如果教师还是以训练为主，进行满堂灌、满堂问、满堂演，那这所学校的课程与教学改革基本没有进步，其他的都不用看，就可认定这个学校的课程改革是失败的。教学方法有几种：一是教师讲授为主；二是学生学习为主；三是师生互动；四是立足学科融以上几种为一体的教学模式。我们“五化”课堂的教学模式，第一点就是教法学法化，也能看出我们的初衷及对教学方法的重视。同时，还有一种现象，就是对学法的研究，完全像研究生似的自主学习方式，也是不可取的，这里面的一个关键，是在教法学法化的背景之后，在教师指导的自主预习模式之后，再呈现以教师为引导的学生自主展示。总之，预习加展示的环节，是切实可用的。原来的完全学生自主，虽然能够锻炼学生，但是效率低下，并且会影响学生的成绩，显得不现实。

3. 教师队伍：过程自我管理。教师队伍建设，是学校发展的基础，以人为本，以人育人，共同发展，是学校发展的核心要素。教师队伍建设，不但要纳入日程，还要非常重视过程管理，主要包括读书、教研、反思。教师一定要多读书，如果不读书，以其空空如也的头脑，怎样去感染学生呢？但是，很多教师读书却不得法，本来工作就忙，累得够呛却没有成效。我的建议，一是教师要读教育教学理论专著、学科教学书籍、教学理论期刊，更主要的是要围绕教学中的问题及教学当中的需要，进行有目的的、研究性的阅读，这样和教研结合起来的阅读效果最好；同时，教师读书要注意反思，要勤于动笔，这样才会凝成自己的思想，也会使自己的思考更加深刻，但是现在来讲读书的教师不多，愿意动笔写作的更少，便捷的网络，也给下载抄袭文章提供了方便，此风很盛，让人担忧。

另外，不管学校的教师队伍建设的措施如何健全，如果教师自己没有自我管理和发展的意识，教师队伍的发展还是会进展缓慢甚至迟滞。所以，教师要自主进行学习，常提到的反思模式，包括自我反思、同伴互助、专家引领，这里面最主要的是自我学习的内化。教师的行动内化为习惯、习惯内化为品质，就是教师发展的最高境界。而达到教之淋漓、学之酣畅的程度，首要的两个前提，一是教师精深的专业知识和技能，另一个就是教师对学生、对教学研究的热爱。

4．课程建设：学科课程建设。提到课程建设，很多教师感到无能为力或是无处下手。我们给出的思路应该是学科课程与教学建设，包括学科资源建设和开发、教师自身素养厚淀、教学实施和教学评价。这里面立足这几个点，一是学科，学科是教师对学生进行培养的主要渠道和载体；二是课程，教师要善于开发课程，教师自身就是一个课程资源，还包括学生的差异，当然主要的还是教科书，教师要善于用教材教，而不是教教材；三是教学，这是课程实施的最关键环节，也就是我们刚才提到的教法学法研究。现在的一个通病，就是课堂效率低下和学生负担过重，这是学科课程与教学建设的关键。我们的解决措施是：一是国家课程校本化，最优化的组合教学内容，这样会给个性化的课程建设带来时间；二是校本课程特色化，这里的特色化，主要指的是要基础课堂、基于学科、基于教学特色；三是综合实践课程化，包括社区实践、研究性学习、信息技术等，要从课程的角度予以重视和整合，这样对学校综合学科的育人功能的发挥会大有好处；四是综合活动系列化，这里包括学校的各种活动，以及由各个学科延伸出来的第二课堂、活动小组、公关小队等，都予以整合，这本身就是一个国家课程校本化的过程，只不过这种整合不是为了节省时间，而是为了提高效率。

以上四个方面，是我对如何深化教学工作的思考，问题找到了，也有了初步解决的思路，但是具体有效的措施及有效的落实，却需要我们认真思考。

关于教学制度建设的一点探讨

依法治国的大背景下，加强学校的制度建设会越来越得到加强，《十年改革发展纲要》指出，要加强教育现代化，这样，建设基于学校的制度文化，非常重要。

制度建设，应该是基于学校的常规管理事实，并对其进行概括提炼，在法律、规则和道德伦理的背景下，为学生的发展而制定的。制度建设的目的应该是促进教育秩序，提高教育效率，维护教育公平。制度分为核心制度和外围制度。核心制度是对学生的发展、学生的学、教师的教有直接影响的制度，包括：教学制度、考试制度、学生评价制度、教师评价制度、校本教研制度、校本培训制度、校本管理相关的学校内部管理制度。校本管理相关的学校内部管理制度包括校长负责制、教职工聘任制、教职工代表大会制等。

其中，评价制度是核心制度的核心，包括：考试制度、学生评价制度、教师考评制度、督导评估制度。教师评价制度，包括定性评价、定量评价、定性与定量结合的评价、发展性评价。

制度的制定相对容易，但是制度的创新却很难。我常想：纵使制度建设很健全，但是调动人的积极性，却不是制度所能做到的。制度只是规定了人的行为底线，但是教育是靠人的精神境界来推进的。我国的基础教育不是缺乏制度建设，也不是物质建设问题，而是中国的深层教育品质出现了问题，是指导制度建设的价值观出现了问题：重视分数和升学率，忽视学生的发展，没有把“育人”作为标准。应试教育的应试训练浪费了大量的时间，绝对不利于学生的发展和一生的成长。现在从政策上，“推荐生”等措施已经保证了普通公立学校的发展，很多名额比以前择校生时考上的学生都多，如果普通公立学校和精英教育的学校的学生拼成绩，肯定扭曲学校的教育。但是现在的实际情况，要应试教育和素质教育并重，所以，现实学校教育中，制度建设既要重视教学制度建设，还要重视课程制度建设。

这里说明一下，教学制度注重技术性的应试训练，而课程是学生生活的全部，对于育人非常有益，这么多年，新课程建设推进不尽如人意，主要在于中高考制度极为重视升学率造成的。

这么多年来，我也曾是应试教育的高手，随着时间的推移和对新课程的深入理解，我越发重视对学科建设的研究和人的积极性的研究，越来越想将制度建设纳入常规之中，有限的认识制度建设，因为，制度无法将教育推到一个更高的境界，带有强制性的制度缺乏尊重的元素，却能起到规范的作用，而于长远来讲，则会迟滞教育的发展。

课改的基本思路

八年级课改已历两年，取得了不少成绩，但是也有一些没有解决的问题，突出呈现了一些制约课改深入的瓶颈问题。八年级的学生马上要升入九年级，面临严峻的升学压力，有三种可能：一是课改班级最后课改成效显著，成绩理想，但是不进行课改的班级或者课改不彻底的班级，成绩不理想。这将成为非常大的遗憾。二是课改成绩最终不理想，而不进行课改的班级成绩却很高，这也是很严重的后果。三是所有班级都进行课改，非常得法，成绩都很理想，这种效果是我们所希冀的。那么，进入九年级，课改应该如何进行呢？

第一，要提高效率，注重问题生成。如果课堂还是陷入“表演”的误区，浪费宝贵的时间，不但会耽误学生成绩，而且会埋下严重的后患。这里面最关键的，是课堂的效率问题。如何提高课堂效率呢？

在预习和展示环节，都要以问题为中心，注重问题生成。以语文学科为例。在预习及展示中，要注重夯实基础，还要注重预习中学生的悬而未决的问题以及阅读的初体验和读后的再体验；要通过能力展示进一步明确哪些知识、想法等学生能达成共识，哪些还需要进一步升华；要研究哪些问题要由老师帮助予以解决，哪些问题需要凝成新的教学资源，借助全班同学的智慧予以解决。这里面最关键的是对问题答案的理解，不要让学生死记硬背，要突出对思路的理解，只有学生理解了问题的思路、内在的逻辑，才对学生的思维发展真有益处。死记硬背、机械训练、单纯表演，都是所有学科课改的大忌。

第二，在活动与训练中要突出学科特色。课改中，决不能为了研究问题而失去了学科的特色，这是学科课程与教学改革的关键。这主要体现在课堂教学中的活动设置和习题训练上。要在课堂活动设置和习题训练上，在传授知识、培养能力、理解学科结构的过程中，去培养学生的学科能力和学科素养，这些都是学科特色的体现。这点如果能扎实地做到，无论什么样的课改，都会没有闪失；相反，任课老师如果缺乏对学科的理解和感悟，缺乏高水平的学科能力与素养，是断然不会培养出优秀学生的。老师的素养主要也靠后天习得，对教材的深入钻研非常重要。

更关键的是，教师还要真正掌握学生能力形成及高阶思维进行的规律。比如，数学的展示课，很多时候，教师以让学生清晰地讲题为目的组织展示，学生也以能清晰地讲题为荣。但实际上，数学复杂的思维，很多时候不是语言能表述清楚的，是“一念之间”，是一种瞬间的综合，是一种思维的扩展和延伸。数学家陈景润是数学界的天才，但却当不了合格的老师，这个例子虽不具有普遍的代表性，却足以说明学科能力培养的特殊性。

第三，充分调动学生的主动性和积极性。课改要想进一步深入，最主要的是，要由学科教学走向学科教育，这里面涉及以人为本、育人为先的根本理念，涉及人的主观能动性的发挥，这才是真正的自主学习。在预习加展示的新课型中，只要学生认真主动地思考了，那么基础展示、能力展示、个性展示都会有真正的问题生成，甚至是学生自主地生成，这比老师引导的效果要好得多。

点燃学生的学习热情，老师的引导与感染、同学的互助与竞争、考试的驱动、发展的诉求和渴望，都是非常重要的。还有一点，就是让学生真正理解学科，真正意识到学科对理解世界、透视人生、沉淀心灵的重大作用，这样，学生不但会有学习的积极性，还会形成一生的理想、职业方向和价值观。

第四，借助微课等手段进一步推动。课改进行到一定程度后，如果没有外力的推动，会滞留，甚至会回到原来的轨道上。解决这个问题，除了进一步研究课改规律外，还要借助外力，现在流行的智慧教育、微课运用，都是最新手段。前面几篇文章都谈过，信息技术的使用，要适可而止，过度滥用是对人文学科的戕害；但是，结合翻转课堂的策略，恰当有度地使用微课，不但有利于课前预习和课后的回看复习，课上的恰当使用，也会提高课堂效率，增强课堂的趣味性。课改本质上是推行一种个性化的学习，微课的适当使用，会为学生个性化的学习提供有力的支撑，从而使课改更加富有生命力和实效。

王安石曾说过："世之奇伟、瑰怪、非常之观，常在于险远，而人之所罕至焉。"课改没有回头路，既然开始就要坚持下去，并且不能失败，因为这是育人的事业。越过丛林高山，跨越激流险滩，会有美好风景。

关于中考改革的一些想法

近年来，长春市的中考按照素质教育的导向，改革力度很大，确实收到了很好的实际效果，突出的有以下几个方面。

1. 实施推荐生政策。这是我参加工作近二十年来改革力度最大、效果最好、最惠及民生的措施。随着制度的完善，极大地促进了教育的高位均衡发展，充分体现了政府对普通学生的人文关怀和执政者的智慧。我感觉这里面有以下几个特色所在。

一是推荐生指标施行校均和生均，充分体现了教育的公平、公正。校均，就是指标分配时，要保证九个一类学校和九个民办高中每个学校都有名额，这就避免了只有城区较好初中的孩子才能上重点高中的弊端，真正地实现了教育公正；同时，数量按照每个学校的人数来分配，这对历史沿袭下来的学生数量多的学校也有优势，进一步体现了公平。

二是同类高中降低三十分录取。这也是推荐生制度中力度最大的一点。从前年开始，一类重点高中的推荐生录取分数线最低线为本类高中下调三十分，原来是本所学校下调三十分，这样一来，基本上所有的学校都不会丢失名额，同时这也有利于高中的均衡发展，效果显著。就从这一点，即可看出市教育局确实是为全体学生考虑，真正地采取实策来推进教育公平。

三是将艺术常识和实验加试也纳入推荐生考试范围。艺术常识涵盖了音乐、美术等人文学科，实验加试包括理化生和计算机，再加上八年级的地生会考，把整个初中学段的所有科目都纳入到了测试当中，而且非常合理，保证了学生的全面发展。

推荐生的比例在不断增大，成为各校生源的主要渠道，这是合乎教育规律和教育均衡发展需要的，是长春市中考改革最大的亮点。

2．体育纳入中考。这也是一个非常大胆的尝试。以前在推荐生考试中，涵盖了对体育的考查，但是力度不够。从本年度开始，体育考试正式纳入中考，中考成绩的总分由此达到了640分，同时体育考核并没有从推荐生中剥离，而是由体育考核换算成等级，这样整个推荐生的考核不变，还能够引起学生对体育更高度的重视。虽然现在还没有到体育中考的时间，但很多学生已经开始练习，这极大地丰富了学生的生活，有利于学生的身心健康。学校也将体育放到了重要的位置，体育中考，功在当代、利在千秋。

3．素质教育评价平台的运用。自2013年开始，长春市推行了素质教育操作平台，这是教育信息化和现代化的重要举措，将学校管理、学生评价等多种考核方式都纳入到了一个平台中，非常实用。很多学校已经投入使用，不但有数据的积累，还利于动态地观察学生的发展过程，同时还把家庭、学校、社会等诸多教育相关因素联系了起来。

但是，根据多年从教经历和毕业班管理意见，我感觉在中考试卷的设置等环节，还有以下几点需要强化。

1．关于中考试卷的难度。虽然在考试中严格规定了7∶2∶1的难易结构，可每次考试，我都感到有些学科的难度都没有明显的降低，这和一些大校出题人员较多且起主导作用有关，这些学校学生整体素质较高，在出题时，有本位思想，总是想提高难度，其中原委不再细说。保持学科的难度，以提高教学的深度，这本无可厚非，可是，目前的减负形势非常严峻，各个学科的中考内容和范围都没有减少，反而时间却只是规范地剩下了目前的状况，基于这一点，难度至少应该减少四分之一，至于如何痛下决心兼顾全体、如何将教学内容，或者说是考试单位做以削减，这些都关系整个课程改革的成败。

2. 试卷结构与试题类型需要认真设计调整。比较各个省市的中考题，我市中考试题结构非常简洁，这有一定的好处，便于学生在考试时聚精会神地深化思路。但是，长此以往，学生思维的深刻性虽然得到了加强，但是其灵活性有所欠缺，而灵活性欠缺，将直接影响整个课堂教学以及课程改革的丰富性和多样性。如果这些被弱化了，学校长期坚持的培养完整人的独特使命也会有所削弱，因为学校首要的使命就是通过教师尤其是通过课程长时间、高频率地给予学生的影响是独特的。基于这一点，要围绕新课程所设定的相关维度，对试题的结构与题型进行设计。

3. 考试要体现出中考和高考的衔接。这一点在很多学科体现得非常突出，我们要仿效省初中教研室，省教研员都是从高中骨干教师里选拔出来的，对高中教学的准确把握，非常有利于初高中的衔接，这些问题已经非常明显地凸显出来，尤其是文科教学。有些同学因为初高中衔接不当，不但耽误了学科素养的厚淀和提高，造成了能力的缺陷，还浪费了宝贵的学习时间。所以，初高中的衔接，需要课程与教材的设计，在考试的题型中，更要加强设计，这种引导是最有效果的。

4. 要进一步厚淀学生的核心素养。目前的试题，主要是针对知识和技能的，如何在知识学习与考查中进行精心设计，体现出对学生的价值引领、思维启迪、人格塑造，怎样弘扬正能量，渗透培养学生的核心价值观，是非常重要的。或者说，如何在学科及试题中渗透这些对学生一生的发展起着重要作用的情感、态度、价值观的问题，是我们评价的终极目标，是起点，也是归宿。

5. 关于素质教育平台的使用。目前，素质教育平台已经在实践中开始应用，可是，并没有像我们想象的那样，因为与教师、学校、学生、学科、课程、管理的融入，还有其和教师一日工作总量、和学生一日学习总量的比例是多少，都涉及信息平台的使用，也就是不要加重学生和教师本来就已经非常沉重的负担。还有一点，就是素质教育平台主要是从定量的角度来进行的，但是里面对学生的定性评价、定性与定量相结合的发展性评价，还有阶段性的发展性的评价如何体现，这些在素质教育平台中都无法实现，是无法克服的局限性，同时很多人为的干扰因素，会使平台的公允性失之偏颇。

总之，希望长春市的中考改革本着以人为本的原则，更加贴近新课程改革，立足课程标准和人才培养目标，为促进教育教学的整体性改革提供导向和保障。

课堂教学改革中的思维训练

在《下步课改的基本思路》一文中，我提到了深入推进课改的四个要素：思维能力、学科特色、学生调动、借助微课。这是当前课改的问题所在，也是下一步课改推进的方向。今天着重谈一下课堂教学改革中的思维能力培养。

在整个智力体系中，思维能力是核心，要想让学生变得聪明和智慧，非提高学生的思维能力不可。那么，在以预习+展示为主的课堂改革当中，如何有效进行思维训练呢？

1．在课前自主预习中促进学生主动思维。实际上，自主预习的习惯对培养学生的思维能力是最有效的，并且会使学生受益终生，因为会促使其形成终身学习能力。学生预习时，可以借助导学案，也可以形成问题单，还可遵循自己既往的习惯。同时，现在非常流行的微课加翻转课堂，也是促进学生自主学习和开发学生思维的有效手段，不仅能帮学生完成知识预习，还会让学生形成良好习惯，包括自主思维的良好习惯。但是切记，学生自学对其发展思维虽有效，但显然自学效率会低，且思维深度不够，所以，还要让学生与同伴进行合作性预习，也可以让学生寻求老师的帮助，更可以使学生借助网络资源进行预习。凡此种种，都能有效促动学生自主思维。

2．在理解基本概念中培养学生思维能力。在预习和正式学习中，对学科中基本原理、基本规律、基本概念的理解，对学生思维能力的培养至关重要。

概念就是同类事物的共同特征，学生的深入思考形式是形式运思，运思要借助学科的基本概念进行。如果学生在学习新知识之前在头脑中形成思维导图，建立必要的知识树，对学生的思维能力的形成更有益处。对学科的概念，既要理解其内涵，又要理解其外延，要做到触类旁通、举一反三。

3．在学科活动过程中启发学生思维能力。学科活动，是学生形成学科能力的关键所在，这里指的是富有思维含量的活动。所以，教师要认真设计。要真正促动学生的思维发展，就要注意活动的目的性，也就是要紧紧围绕课时教学目标来设计活动，并且活动务必要贴近学科本色。还要注意提高学习效率，就是要考虑用多长时间达成最佳效果。并且为了保证充分的思维训练，活动中必须要给足学生自主学习时间，不能为了赶进度就匆匆交流，削减学生自主学习时间，这样不但不利于学生思维培养，长此以往，学生的学习兴趣都会大打折扣。

4．在学科双基训练中提高学生思维能力。双基训练虽然枯燥，但却是培养学生思维能力的基础活动，脱离了这方面，学生的思维能力会削弱。实际上，基础知识和基本能力，都和学生的思维有密切关系，就语文学科来讲，孤立来看，许多只言片语，但是每一字词实际都能和文章的中心和情感联系上。记得一位老师讲《邹忌讽齐王纳谏》时，对“妾”字寻根溯源地进行解释，其实这个字关乎文章中心，这样讲授效果特佳；北京的特级教师宁鸿彬，施行卡片字词教学法，整体提高了学生的思维能力和语文成绩。有头脑的老师，都会在学科的双基中找到思维训练的最佳结合点，从而有效促进学生思维的发展。

5．在活动化作业中开发学生思维能力。作业，实际是有效教学中非常重要的一环，但往往为老师所忽视。学生对机械化的书面作业非常反感，现在最为社会所诟病的，就是学生课业负担过重。纸质的双基作业，现实来讲必不可少，但是活动化的个性化的作业，也是提高学生能力的重要手段。这里涉及：作业要将学生引入到更深入的思考中去，在巩固双基的同时，使学生变得聪明和智慧起来；和预习一样，要使学生能够在独立完成的基础上，进行合作化的作业，如此也能提高学生思维的广度和深度，并且能增强作业的趣味性。教师要将作业批改当作师生情感交流的平台，在评价学生知识巩固程度的同时，也要给学生的思维发展及深化指明方向。

6. 在社会综合实践中提高学生思维能力。发展思维、培养能力的一个重要目的就是进行应用。在课程种类中，就有活动课程专门培养学生的创新精神和实践能力，所以要充分设计学生的社会综合实践活动。同时，很多学科有综合性学习，这也是要求在实践中培养学生的思维能力。有时可以这样理解：实践中的思维能力，就是学生的创新精神和实践能力的综合体现。这里，需要老师把学科课程、活动课程、经验课程联系在一起。只要学生动起来，就是对其思维能力的最好的锻炼和培养。

关于培养学生的思维能力，其相关研究成果非常丰硕，也有海量的成功经验，立足本校的课改，对已有的成果进行合理的转化，形成在我校“五化”课堂推进中的思维培养体系，肯定会打开本地的教学改革新局面并取得丰硕成果的。

在打造学科特色中推进课改

立足学科推进课改，是课改实施的基本思路和主要途径，尤其是在深化课改的过程中，打造本学科特色是破解瓶颈问题的重要方式。课改之所以出现止步不前和效果不佳的问题，和老师的学科能力不足，课改中学科特色打造不够有直接关系。那么，在学科教学中，如何打造学科特色呢？

1. 应把学科特色和学校特色结合起来。学校特色是探索已有的办学之道，在教育教学、科研、管理及服务方面形成某方面的特色和优势，并形成受社会认可的传统的学校。学科教学特色和学校特色理念应该是个别和一般的关系，且相辅相成。但是，学校的特色一般要基于学科特色，尤其是教育教学方面。所以，学校的特色应是一个育人理念或具体方式的概括，而学科，则在其统摄之下，又各具特色，异彩纷呈。比如师大附中，学校总的特色理念是“尊重、自主”，实施生命教育；在教学方面则各个学科都具有鲜明的特色：政治、历史学科形成了小论文带自学、课内带课外的学科特色；语文学科形成了语文教育民族化的特色，同时，课堂教学采用具有明显的导、读、析、总、练的五环节教学方式；物理、化学学科则形成了生活中的理化的学科特色。所以，学校应该有一个总的特色教育教学理念或者是育人理念，在此之下，各学科教师结合本学科特色，立足学生实际，努力打造自己学科的教学风格和特色。

而事实上，很多学校没有一个总的特色育人理念做指导，甚至有一部分维持常规工作都很困难，这种情况下，怎能期待有学科特色可言呢？

2．应把学科打造和教师队伍建设结合起来。学科特色打造和教师队伍建设密切相关，没有能力出众的特色教师，就根本形不成学科教学特色。学科特色是特色化的高水平层面，普通老师没有至少六年的努力无法形成。学科老师要有美好的教育理想，热爱自己的学科教学，甚至视之为生命的重要组成部分，这样就会有持久的精神动力去打造自己。在实践中，还要有丰富的教育经验、广博的知识积累、精湛的教育技巧，同时要有系统的课上与课下、校内与校外的综合教学措施，更主要的，是要有以学生素质提高为主要内容的业绩体现。这样，积久而成特色。所以，学科特色的打造过程，完全是一个教师素质的提高过程，是教师队伍建设的头等大事。

3．应把学科特色建设和常规教育教学结合起来。实际上，名目纷繁的课改，只不过是持之以恒地做到以学生为中心，将常规教学做到趋向极致的一种学科特色的打造过程。这样定义可能稍嫌偏颇，但却是对课改的一种接地气的、很实在的理解；把课改弄得神乎其神、云里雾里，反而会使一线教师迷失方向、信心不足。

课改要有对既往教育的继承，不能一概否定历史的教育，这就需要立足最基本的常规教学，在备、讲、批、辅、考等环节中，追求教学的有效性；课改要发展，这就要在常规教育教学的基础上，进行符合规律的创新，而系统的创新加之整理，就是课改实施方案，或者说是学科常规教学特色实施方案。这点务必引起重视，那种一概否定历史，去追求彻底的改革的教育改革，只不过是不顾教情的理论空想家的空想之言，不会成气候。

4．应把学科特色建设和学生发展结合起来。基础教育领域，毕竟不是搞纯理论研究和高校学科建设的，所以，学科特色建设，实际上是学科教学特色研究。这里当然要把握住学科本质，也就是学科基本知识、基本能力、基本思想、基本素养，还要理解学科的基本逻辑结构。

实际学科是人类理解透视世界的一种非常重要的方式，在某种程度上，学科即人生，所以，学科教学与学科教育直接涉及学生的发展与培养。在这点上说，即使是一名普通老师，但是能对学科有特别的情怀和独到的特色理解，从而使学生在其教导下，能把学科变成自身发展、立足社会、理解世界、透视人生的重要载体，那么这样的老师就是一个可贵的人师，是学科自由王国和现实世界的欢乐行者。

实际上，课改中，学校特色、学科特色、教师队伍建设、学生发展等各种问题是异曲同工、殊途同归的，是一个问题的不同角度和侧面，是推进课改、破解瓶颈的基本措施。学科即人生，学科特色的打造过程，就是不断提高教师和学生的人生境界的过程，持之以恒，必有所获！

关于课改中的微课运用

前面谈到，为了破解瓶颈问题，在课堂教学中需要进行思维训练以提高效率，要注重学科特色的打造，尤其要注意以人为本，注重学生活动的设计。那么，在教学方式上，还要进行更新，尤其是随着信息技术的发展，我们无法回避慕课、翻转课堂和微课设计等现代化的手段对课堂及全面推进课改的影响。

1. 信息手段介入的必然性。随着现代信息技术的发展，很多环节会发生变化，学生以前凭借导学案、问题单或其他形式进行预习，现在会逐渐地被慕课、微课等形式所取代。慕课是大规模开放在线视频课程，是系统的课程，可以进行有效的碎片化系统学习，起的就是导学案、问题单的作用，只不过是方式不同。每一次技术革命，都会引发或促进新一轮的教育改革，以前的结绳记事以物易物，到韦编三绝文房四宝，都引起了教育创新；现代信息技术，物联网、云计算、大数据等，都会给学习带来根本性的变化，这是必然，是规律，也是趋势。

2. 信息手段介入的恰切性。在介入教学时，信息技术手段要讲究恰切性，时机要适当，效果要显著，这就需要教者能将信息技术和学科教学进行深度融合，真正从本质上为学科教学服务，只有如此，信息技术教学才能为个性化学习提供支撑和保证。在推进课程改革的过程中，忽视信息手段，肯定会落后于时代，缺少现代气息；而过渡滥用，肯定对人文学科是一个破坏。所以，对信息技术的应用定位在为个性化的学习提供支撑，是非常稳妥的。个性化学习是核心，因材施教是教育改革的最高境界，而信息技术为学生自主学习、反复咀嚼、突破重点的训练提供了支持，这正是个性化学习的理想环境。

3．信息手段介入的局限性。同任何工具和手段一样，信息手段对课改的推进都具有局限性，刚才已经涉及，就是信息技术只能为课改提供个性化的支撑；再者，信息化的过渡滥用，会淹没学科特色，这也会使课改失去方向；更主要的，是教育的本质是精神的流转，即使教育信息化很普及，也不会解决教育的深层问题，反而随着信息技术产品的快速更新换代，会给学校及政府增加很大的财政负担。

教育是人的工作，要充满教育精神，因为即便是在极其艰苦的办学条件下，学校依然可以洋溢着教育精神，充满着现代追求，抗战时期的西南联大就是这样。课改的终极目标是为了实现人的发展，让人的精神世界变得丰富起来，而信息技术只能起到一定的推动作用，就像电脑永远也不会取代人脑一样，我们对信息技术的作用要有一个客观、清醒、冷峻的态度，要提防信息技术万能论。

课堂教学改革中常见的几个问题

课堂教学改革中，比较常见的模式是预习+展示，这主要是为了培养学生的自主学习能力与合作交流能力，但是因为一些客观存在的问题得不到有效解决，没有突破瓶颈问题，导致课堂教学改革的效果大打折扣。归纳起来，主要有以下问题：

1. 学生预习不得法。课前预习是课堂教学展开的必要基础，但是实践中往往缺乏有效的预习方法，学生不感兴趣，导致课堂教学效率低下，影响了整个课程改革的推进。

在预习中，一般存在以下几个方面的问题：一是缺乏有效的指导，有的教师认为预习是学生自己的事，和老师无关，所以对此放任自流；有的只简单说一下，没有任何要求，这样的预习根本没有效果；还有的老师认为预习之后缺乏新鲜感，不预习反而效率更高。二是老师认为预习等同于做导学案上的习题，连字词都做了明确的要求，这样学生毫无自主可言，效果不言而喻。三是虽有预习但没有检查，久而久之，学生对预习失去了成就感，就不会重视了。基于以上三种情况，导致预习效果不佳，也直接导致课改的低效甚至失败。

2. 小组合作形式化。有些课堂的小组合作学习，往往变成了表演，虽然表面显得热闹，但是思维含量低，效率低下，导致教学质量不高；小组合作学习的一个基础，是围绕问题进行的课上自主学习，这个时间老师往往把握不好，总想为其他环节节省时间，结果事与愿违；同时，小组合作中不能围绕自主学习产生问题。

一般来讲，小组合作学习的展示要经历基础展示、能力展示、个性展示，如果只停在基础展示阶段，长此以往，对学生的能力培养及思维发展肯定非常不利。这是所有进行课改的老师的必经阶段，也是课改必经的瓶颈阶段，所以要求老师们不但要有较高的自身素质，还要善于进行小组合作学习的教学组织，包括：确定目标、个体自学、组内交流、全班汇报、总结归纳，这五个环节是逐步推进小组合作学习的深入的关键，缺一不可。

3．学科特色被削弱。因为进行研究性学习，所以有些学科的特色被忽略，其结果就是学生的学科能力培养被削弱。有些学科活动，没有设计富有思维含量、非常有学科特色的活动，所以学生的能力培养受限制。关于学生学科特色能力的培养，直接承载着学科能力的传授和学科素养、学科思想的培养，老师务必要认真锻炼不断提高自己的学科能力，以获得独特体验，并通过适当的途径，以学科特色活动的方式传达给学生，这样，才有学科的味道和特色，各个学科的课改才能鲜活起来。

4．没形成课程规模。有些课堂教学改革没有和课程改革相结合，只是孤立地进行教学方法改革，所以收效甚微；也没有形成对学生的综合培养，可能造成学生的伦理缺陷；即使有课程的意识，但仍然没能处理好国家课程、地方课程、学校课程的关系，也没有处理好校本特色课程与学校课程的关系，导致加重了学生的负担。所以，要将学科课程、活动课程、经验课程相统筹考虑，在不加重学生负担的情况下，研究如何进行国家课程校本化、校本课程特色化、活动课程系列化、综合实践课程化，同时在课程规划、教学实施、课程管理、课程评价等系统的考虑中推进课程教学改革。

5．教师理念没转变。在推进课堂教学改革中，教师的理念尤为重要，很多老师严重缺乏推进课堂教学改革的动力，他们认为传统的教学方式同样能培养出高分，也不愿意花时间充分地研读课标、教材和学生。同时，他们认为灌输式的授课方式是最简单的，因为只是备知识点；即使已经推进改革的老师，在没有后续动力的情况下，也会回到老路，尤其是遇到瓶颈问题需要深入钻研的时候，或者是成绩相比之下不明显或下降的，更会让已经上路的老师倒退。出现反复的时候需要老师认真思考，真正地找到“让老师走上研究这条幸福的道路”这种感觉，也需要学校领导不断推进、创造声势、更新机制，同时还要用表扬提升信息，用研究去提升水平。

总之，老师的理念问题是最关键的，如果其从心里不认可，那课改最终肯定会走向失败。

6. 研究过于行政化。研究是推进课改的关键，方式虽然要灵活多样，但是不能行政化过浓。学校的课堂教学改革，要借助专业领导推进，绝不可以行政命令的方式模式化地机械推进，这样会扼杀老师的创造性和个性，也会抑制老师的主动性和积极性。相关的领导缺乏课程的知识、能力，学校没有课程改革的意识，老师也会心里不服，别说推进，连方向都不明确。模式是行政化的产物，含着很多理论和实践的要素，但是灵活运用结合实践的时候，要善于出模，所谓的模式化，不是程序的固定，而应该是课程内部诸要素的灵活组合与最优排列。

课程教学改革的推进，肯定会遇到问题，这是正常的现象，老师和学生的能力、教学质量的提高、课程效用的发挥，都是在解决问题的过程中得到锻炼和提高的。

课改当中如何利用假期做好预习

课程改革或教学改革的推进过程中，主要的一个课型是预习、展示、反馈，而预习又是一个非常重要的基础性环节，但一般情况所指的预习，是指每天课前的预习，往往忽略了寒假和暑假这两个非常重要的时间节点。实际上，这两个时间节点非常重要，是学生真正实现自主学习、培养终身学习习惯的关键节点。

那么，在推进课改的进程中，怎样充分利用寒假和暑假进行有效预习呢？

1. 要激发学生假期自主预习的兴趣。即使我们对预习的内容、形式、检查等都做了详细的布置，但是学生没有自主学习、主动学习、成功学习的意识，也会事半功倍，不会有好效果。所以，首要的问题是充分激发起学生的预习兴趣。要采取：阐明意义、反复教育，循序渐进、持之以恒，严字当头、教给方法，示范指点、表扬激励。以上几点最主要的，是示范指点、表扬激励，要让学生充分享受到、感受到预习成功的喜悦和收获，老师一定要以正面的表扬鼓励为主，哪怕是学生开始仅有一点预习的成就，也要给予激励，待学生熟练后，再进一步地针对存在的问题进行解决。虽然通过表扬能提升信心，通过批评能提升水平，但是针对感性的初中学生们，还要以表扬为主。所以假期开始，教师就要通过这种形式，进一步地提升学生的信心，激发其预习兴趣，形成持久的预习习惯。

2．要做好学生假期自主预习的规划。假期的预习方法很重要，要统筹安排，不仅是学习的规划，还包括休息、运动、游玩、活动等。从这个角度出发，可以开发出一门以学生为主体的完全自主课程，我感觉这个课程对将来的发展会非常关键，这是完全以学生为主体的个性化自主适性课程，不知是否恰当这是后话。就此需要制订三个计划。

一是整个假期的完整规划。在假期中要预习哪些内容，分几个阶段进行，自己借助什么进行检测，每单元的起止是什么，既要有时间表，还要有路线图，要给予合理的、科学的规划。

二是要安排好每天的计划。一天之间，上午要学习什么，下午要预习什么，怎样合理地进行文理相间，怎样根据实际情况进行调整，都要有一定的考虑。

三是活动的计划。学生时期正是长身体的大好时机，所以假期要保证休息和营养，还要保证活动。要制定好每天的起居时间表，这样不但能充分休息，还能全面发展，充分地提高效率。因为是学生自主规划的活动，所以其肯定会有很高的自主性。

预习规划的制订切忌好高骛远，这样不但实现不了，还会给自己带来煎熬。

3．要教给学生假期自主预习的方法。有效的预习方法，主要是前面提到的读、导、评，不管是哪科，一定要先阅读文本，初中生一般是要阅读六遍；导，就是要借助导学案、问题单或是平时积累的学法，进行有效率的预习，以理解内容；评，就是要立足实际情况，进行自评、同伴评、家长评、组长评、老师评，假期因空间所限，学生聚集来往会有安全问题，所以要考虑好联系方式。现在非常盛行的微课，很适于学生假期进行自主预习，所以要寻找这方面的资源，并发动家长，适时地进行网上互动监督。

4．要设计学生假期自主预习的内容。刚才已经提到，假期的预习，要以教材为主，这是最主要的，要充分注意的是，学生学了之后，不是正式开课时没事可做了，要充分地留有问题，形成新的教学资源，在课堂上借助老师和全班的智慧予以解决。这里非常需要强调的是，虽然自主预习会有效果，但是效率会低下，如果学生在漫长的假期中养成了耗时低效的预习习惯，以致思维都很迟滞，那是最可怕的事，所以一定要提高效率。关于预习的内容安排还包括：一天里的休息、要参加的社会活动、和家长去探望亲人、每天的锻炼、正常的上网冲浪，这也是刚才提到的，可以谓之完全以学生为主体的个性化自主适性课程，这对学生的发展会极其有利。

5．要扎实进行学生假期自主预习的评价。如果有预习而无评价，那就会使预习陷入自由泛滥的误区，效率肯定不会高；而评价过严，也会对学生有严重的束缚，学生会感到索然无味。而“参与性多元鼓励评价”会避免这一问题：所谓参与性，就是指学生是评价的主体，而不是单纯的被评价者；多元，就是这多方面地参加到评价中，比如刚才提到的自评、互评、家长评、组长评、老师评，因为假期时空所限，加上安全的因素，所以以网上互动、电话沟通、小组分散、家长配合、定期集中为主；评价要奖惩分明，以鼓励为主，既要有量化的数据，也要有定性的评价，还要注重发展，注重评价的前瞻性。评价是终极一关，做不好会前功尽弃，一定要仔细考虑，认真布置和落实。

假期的预习，如果能够做到“激发兴趣、做好规划、方法适当、内容合理、评价有效”，对学生的终身学习能力的培养都是极有益处的，需要老师们结合课改的宏观架构进行系统规划，但要力戒：效率低下、没有评价、内容过多、缺乏检查，要劳逸结合、适性发展、提出问题、发展思维。

进一步推进课堂教学研究

在市随机督导检查中，对我校的课堂教学构建给予了充分的肯定，同时也提出了指导意见。那么，“五化”课堂如何深入、瓶颈问题如何突破呢？首先还是要加强对“五化”课堂的理解。

要通过导学案的落实，把教法学法化落到实处，有了真实的依托，基本要求是，立足学生的实际，总结出学习规律，然后形成简单且易于操作的学习方法，并和导学案的设计及使用结合起来。所有老师都能够按照这个规律去做，虽然有些老师还不适应，运用得还不恰当，但是已经能把教法学法化当作一种教学思路来进行思维了。

能力特色化，基于本学科的能力培养体系在课堂教学中的应用，在教学设计中给予充分的关注和体现，更为主要的是各位上课老师要基于自身的优势和特点，立足自己的个性气质，探索已有的教学之道，形成自己独特的教学风格。名师授课时，功底深厚，设计巧妙，经验丰富，教材理解到位，关注学生，这就为形成自身的教学风格与特色奠定了坚实的基础。所以，能力特色化，包括学科特色要体现出来、教师的个性风格要体现出来、学生的能力培养要体现出来，优秀的教师，总是能将以上三者融为一体，成为不可复制的独特的这一个。

关于习惯自主化，在各个学科的课堂上都要有所体现，如课前的准备、课上的笔记、小组的交流，还有些学科如思品课的课前演讲、英语课的读写训练、理化学科的实验操作，都要能体现出学生的平时养成。最关键的，是很多学科的良好的思考和质疑的习惯，这种良好的思维品质会对学生体验成功、深入思考提供保证。

管理生态化，要充分关注每一个学生个体，创造让每一个学生体验生成的成功的快乐的机会，创设让每一个学生都体验成功的情境，共定目标、学生自学、小组交流、汇报评价、共同归纳、关注学困生，给予表扬和激励，师生平等的交流和对话，创设民主、宽松、和谐的氛围。

德育学科化，最关键的是理解学科，主要是理解学科的知识结构，在传授学科知识、培养学科能力、理解学科结构的基础上，进行德育，不要空谈，更不能牵强附会。

在构建“五化”课堂教学中，还有一点要提及，就是要普遍使用电子交互白板，利用其完备的功能、视觉的冲击和教学设计巧妙地融合在一起，创设氛围、增大容量，使课堂教学有质的改变。

“五化”课堂深化还要创新教研方式。

要以教研组为单位开展，各个教研组要采取主题系列教研活动的形式：活动伊始，学校要召开教研组长、备课组长会议，贯彻理念、明确主题、落实思路；讲课之前，要利用教研组会，各组确定人员，分配课型，针对问题确立主题，分头听试讲；尤其是针对年轻教师，反复听、反复改，使其在磨课锤炼中提高自己的教学水平；讲课时，各位老师围绕主题，设计教法，实现了师生互动、调动学生、有效生成、自主发展；讲课之后，要结合理论，针对主题，认真反思，开诚布公地予以点评和提升。同时，在整个过程中，还要结合校内外专家的力量予以点拨助力。在教学研究中，以课堂为本，实行课本教研；以教研组为本，集思广益，同质互动，异质交流，实行组本教研，这些都是我们在实施快乐教育中所细化出的校本教研的形式。

“五化”课堂研究要直面一些问题：比如，有些老师讲的还是多，学生互动的少；导学案的设计不够科学，在课堂上的使用还比较牵强；骨干教师的特色能力培养体系还不完备，青年教师的教材挖掘及教学设计还有待加强。这些都是我们以后教研的主攻方向。

关键有以下几点：

1. 将课堂评价标准和理念转变结合起来。真的要转变理念，变教师讲为学生学，讲得再好，不能算好课堂，这点我们要修订快乐教育课堂评价细则，如其首当其冲，实行一票否决；也就是，如果教师满堂讲、满堂问，完全牵着学生走，则视为严重不合格的课；我们要体现的是，在教师隐性引导之下的以学生为主体的课堂教学，其精彩要由学生呈现出来。

2. 将教法学法化和导学案、问题单及微课的使用进一步结合起来。作为“五化”课堂的一个基础，就是仔细研究教法学法，并注重一个化字，不是模式化，而是潜心探索本学科各课型各节课的教学元素，灵活变换，要做到条条大路通罗马。教法学法要与导学案结合起来，所以导学案的使用也不要僵化，要会灵活变通，把理念、技巧都融贯到导学案中，仔细研究教材，重组教学内容，巧设学生训练。

3. 将习惯自主化和能力特色化进一步融合，首先要明确本学科的核心能力是什么，针对应试来试讲；核心竞争力又是什么，要结合核心能力和核心竞争力设计好习惯培养的措施并予以落实，现在的习惯培养还仅限于学习习惯上，如课前的准备、课上的笔记，这些都很肤浅，要和学科的核心靠近，这才是优秀教师的真功夫。

4. 将管理生态化和教师的素养提高结合起来。管理生态化的一个重要的标志，就是要营造民主、宽松、和谐的教学氛围，使每个学生都有所发展，但要达到这种境界，不仅需要老师有很高的教育智商，更需要具有很高的教育情商，也只有这样，才能形成一种好的氛围和最为理想、最能挖掘学生潜能的学习状态。教师本身都是一个低情商的人，纵使再聪明，也不会营造出生态化的课堂，要达到这点，不仅需要教师在知识、能力、技巧、教材上下大功夫，而且要真正地提高教育境界，培养教育情怀，升华教育情感，开阔教育视野，厚淀人文素养，从而成为一个真正的教育人。

现在，务必将“五化”课堂超越具体的情境，变成一种普遍的东西，同时，还必须有具体模式的构建，让“五化”课堂丰富起来。

关于课堂提问与学生活动设计

关于课堂提问与学生活动设计

课堂提问非常关键，是激活学生思维的重要手段，但在很多课堂教学中，却存在着提问零散化、提问随意化、提问不连贯、问题过浅或过深的弊端，还有一个主要的问题，就是提问和学生活动连接不上，这实际上是把“满堂讲”变成了“满堂问”，学生的很多思考时间都用在了忙于应付老师的问题上了。

严格意义上讲，没有有效的学生的学科活动的开展，就没有真正的学习发生，因为学生的学科活动就是一种学习实践，学科能力的形成是必须依靠学科实践的。基于这一点，就课堂提问设计和学生活动的融合有以下几点措施。

1．课堂的问题设计对课堂活动的目标引领。课堂中的问题，对学生的活动应该起目标引领的作用。每节课都会有一个明确的课时目标，在这个课时目标的总摄之下，会有几个分目标。高明的教师，会把这些分目标暗含在课堂的几个大问题里，这样既可以激活学生的思维，又可以潜移默化地带有艺术色彩地实现教学目标。所以，一定要基于课时教学目标，设计好问题，并在此引领下，设计丰富多彩的富有思维含量的学科活动。

2．用系列问题贯穿课堂活动的思路与流程。问题的设计，要进行系统的规划和考虑，这里有两点：一是教师要对整个课堂的教学流程进行总体设计，以此确定教学流程与重点环节；二是在此基础上凝成问题，任课教师要考虑的是这些问题之间的衔接性，要使这些问题环环相扣，也是在此之下，教师要配合重点问题，充分考虑活动内容的设计。有一点需要注意，就是教师要重点考虑学生活动设计的时间，一定要给学生留有充分的活动与思考的时间，并且要预设到如果课堂活动中出现了新的问题，应该怎样在时间上进行调整；学生出现的问题被形成了新的教学资源，教师如何及时调整思路、分配时间，将活动落实好。

3．要立足问题开展学科特色活动。课堂教学的问题，要和活动结合起来，关键是要和学科特色活动结合起来。不能为活动而活动，那种作假的表演性质的活动，不但对提高教学质量有害，还会混淆和扭曲学生的价值观。而能立足学科能力培养，在问题的激发之下，开展丰富多彩的学科活动，恰是学生能力发展的必需。比如，语文的听说读写、数学的演算画证、理化的动手探究、政史的辩论演讲，都是提高能力的重要途径。这些活动的实施，越贴近文本，越触碰到学生的敏感点和兴趣点，效果就越好。教师要做的，就是认真设计这些活动。教师要手持思问双璧，用问题的方式去激活学生，以此来发展学生的思维，而学生能兴致勃发，积极参与其中，其活能力必将获得大幅度的发展。

4．用问题的梯度和维度来丰富活动的广度和高度。为了进一步发展学生的思维，问题的设计要有梯度和维度，这样才能将学生的思维引向深入。结合富有梯度的问题，学生的活动也将更有价值和含量，这些多呈现在数理化等理科，教师的问题一般都是由易到难、由浅入深的，而文科也是这样，教师的问题设计和学生活动的开展，要由表及里、由现象到本质，有一番去粗取精、去伪存真的思辨过程。总之，不论文科理科，在课堂上，适当增加问题的梯度和维度，以此来促成活动的密度和强度，势必会促进学生能力的大幅发展，并能进一步丰厚学生的核心素养。

5．用追问、点评来开掘活动的深度。现在教学中客观存在的一个问题，就是学生的活动，尤其是一些探究活动，不够深入。这就需要教师根据课堂的实际情况，参与到学生的活动中，不够深入的，要设置问题进行追问；学生思路闭塞之际，教师要通过点拨、谈话，尤其是精彩的点评，将学生的思维引向深入，也只有这样，学生的活动才不至于仅停留在表面，也才能有深层的意蕴。这一点，需要教师有深厚的文化底蕴、丰富的教育经验、扎实的专业知识，同时还要能大胆肯定与及时扬弃，要能即时判断。这样的点评与追问，实质上就是一种教育机智，在教师与学生的互动交流中，课堂会出现异彩纷呈的互动空间，教之淋漓，学之酣畅，是课堂教学非常理想的境界。

6. 让学生自发提出新的问题，开展自主合作探究的活动。当学生已经有了一定的学习方法并形成了学习习惯时，学生就可以自己提出问题，之后教师可以按照一定的教学方法来组织学生学习活动，比如，确定目标、自学感悟、小组交流、班级汇报、巩固训练。这种境界是最理想的，学生已经有了质疑的习惯，并经过反复思索能提出更有价值的问题，此时，学生的思维品质已经得到了改善。比如，语文课上，可以让学生进行批注，学生已知的，可以生发出很多感想，点评出来，比如注释式批注、段意式批注、评论式批注，一些不能解决的疑点，可以反复思考，凝成问题。在实践探究中，错误和问题，往往比正确的答案蕴含着更有价值的要素。这种基于实践生发出来的感受，之后提炼出问题，再通过自主、合作、探究的活动，寻求问题解决的路径、机制和方法，是课堂问题设计和学生活动设计的最有效方式。

在应试教育的重压下，可以说，改变教育理念、转变教学方式和学习方式，是不容易的事；而精心设计课堂问题，开展行之有效的学科特色活动，对落实课堂的主体地位，提高课堂效率，是有利的举措。

精心设计课堂提问

课堂教学中的问题设置，是实现教学目标、激活学生思维的重要手段，值得每位教师认真研究。在实际教学中，很多老师提问随意化，没有紧紧围绕教学目标，导致教学效率低下；还有的问题设置得肤浅，没有丰富的思维含量；还有的问题泛泛，脱离文本，使学生提不起兴趣；还有的将以前的“满堂灌”变成“满堂问”，表面热闹，实际导致学生跟着云里雾里。课堂问题的设置不当，会直接导致课堂的低效甚至无效。

曾听过几节精彩的课程，上课老师在课堂教学中的精彩问题设置使笔者深受启发，现总结如下。

1．问题目标化。课堂教学中问题的设置要紧紧围绕课堂教学目标，将教学内容用问题的形式呈现出来。在笔者听过的一堂生物课上，整堂课教师始终用精彩的问题来设计和牵引，各环节任务非常清晰。这既涉及对学生学情的深入了解，又涉及结合课标和教材的方向指导和资源分析，可以看出老师下了很大功夫。

2．问题层次化。将教学过程和内容问题化时，要充分考虑每个问题和各个环节的层次性。笔者听过一堂数学课，整个教学过程的设计，逻辑链条清晰，由抽象的概念复习到结合习题的多个角度的思维训练。思维训练不但类型全面，而且习题解法多样，非常符合学生的学习规律，效果非常好。

3．问题特色化。每个学科均有独特的知识体系和学习规律，在设计问题时，教师务必精心研究教材，从学科特有的知识结构出发，设计出富有学科特色的问题，精心设问，增强其艺术性，直指教学活动中心，实现教学目标。

4．问题精要化。课堂教学的设计非常忌讳环节多而杂，同样，教师设计的问题要少而精，只要能实现教学目标、激活学生思维即可。好的问题可以起到牵一发而动全身的效果。对问题语言的设计也要用心，每个问题的语言表述都需严谨，教师应认真推敲问题里每个词语的含义，增一字嫌多，减一字则少的问题表述，是有质量的提问的必要前提。

5．问题点评化。笔者听过的一些教师课堂中的精彩点评，启发笔者思考一个问题：更好的点评是否是，教师在点评中又设置、提出了新的问题，引发学生的深层思考？如："看这道题还有没有其他的解法呢？""刚才的解题步骤中要注意哪个环节呢？""请同学们仿照这种题型再进行练习。""第一题要求所有同学都解答，第二道稍难的题由每组的2号（成绩较好的）同学完成。""问题点评化"，或者说"点评问题化"，笔者不知这种说法是否科学，但这种现象和行为在课堂教学中真实存在，且其积极意义不容小觑。这留给我们更多的关于课堂问题设置及教师点评的深入思考。

课堂教学中关于学生的调动

现在课改需要破解瓶颈，其中很重要的一条是要充分设计好学生的活动，调动学生的积极性。

关于课堂教学中学生的活动设计及调动，主要包括以下几个方面。

1．课前预习。此处是培养学生自主学习能力的基础，要让学生养成自主学习意识、主动学习意识和成功学习意识，甚至有益于学生终身学习能力的培养。课前预习要充分设计，或者依托导学案、问题单，或者依据学生已经形成的习惯；同时，要加强对学生预习的合理监控，现在比较流行结构化预习，即要进行读、导、评几个步骤，每个步骤均有要求，评很关键，要让学生有预习的成就感，并要有检查的细则。长期训练，形成习惯，就会进一步加强学生的自主学习能力。

2．明确目标。此项活动也是很必要的。课堂教学伊始，教师要明确本节课的教学目标，不是让学生简单地看过，而是让学生了解并能记住，学习过程中能时时回扣，同时还不要产生导致厌学的压力，要引起学生的兴趣；为了进一步调动学生的主动性，还可以根据学情，和学生共定学习目标并分条板书，也要根据学生的学情及时地调整目标。总之，学生要明确目标所在，并能导引自己的课堂学习。

3．自主学习。往往老师考虑学生活动时，将此处忽略，认为此处最简单，但是，对后续学习来讲，此处是非常关键的一步，自主学习不充分，没有解决问题，或者阅读的初体验没有产生，那么很难进行下一步的学习；所以此处要求教师给足学生自主学习的时间，以达到目标并产生新问题为标准，教师在自主学习期间来回巡视，重点关注学困生，同时要广泛了解学情。

4. 交流研讨。在自主学习之后，为了培养学生的表达能力，同时也为了加深学生的思维，要组织以小组为单位的交流研讨。能达成共识的，由组长统一解决；疑而未决的问题，留待下一步解决。个人思考和交流研讨相结合，才能保证学习的有效性及思维的深度和广度，同时也是提高学生综合能力、促使学生社会化的一种表现。

5. 能力培养。从头至尾的各项活动，都涉及学生能力的培养，尤其是学生学科能力的培养，这点在以往的文章中多次提到，但是，学科特色研究是推进课改的关键，值得高度重视。

6. 发言辩补。无论是组内研究，还是代表小组做全班发言，都是对学生非常关键的锻炼。在发言时，要求别的同学做适当补充，而不是老师直接给出答案；在补充的过程中，双方可以发表不同见解，甚至可以言之成理、持之有据地争论，这对调动学生的积极性、锻炼学生思维的敏捷性非常有好处，教师要积极形成这种课堂氛围。

7. 创设活动。广义来说，创设活动包括很多环节，这里仅指为了突破文章重点、难点而设置的学生活动。从某种意义来讲，没有活动，就没有学生能力的形成，这里指富有思维含量并富含思维特色的活动。

8. 互考校正。在课堂教学中，同伴互助、组内互考是非常重要的环节。在基础知识检测中、在完成学案的核对中、在讨论问题的协调中，都涉及互考校正，教师要让这种活动成为课堂教学中的一种常态，促进课堂效率的提高。

9. 作业巩固。完成作业的过程，也是学习内化的过程，但往往被教师所忽略，所以，教师要充分设计作业，增加活动化作业的分量，但不要加重学生的负担；既要巩固基础，又要使学生有所提高，将学生的思维引向深入思考；

同时还要开启学生的智慧，陶冶学生的情感。

10．个性拓展。学生起点不一、水平参差不齐、性格习惯各异，所以时时要有个性化的意识。这里涉及两个方面，一是不要强学困生所难，要让他们有信心，而不是畏而止步；二是一定要让尖子生吃饱，让学有余力、有潜能的学生能够充分发挥，不然，尖子生就会成为骈死于槽枥之间的千里马，事实上这种悲剧不在少数。

11．社会实践。这也是越来越受到重视的学生活动。以前因为客观条件限制和安全原因，很多课内延伸的社会实践被忽略，前几天教育部还发文，不要因为潜在的安全隐患而减少运动实践，这实际也是对社会实践提出的要求，要基于课内、从学校课程的角度予以综合考虑和设置。

12．反思总结。这也是学生学习的一种基本活动。在整个新课学完之后，要善于回顾总结、体会梳理，要总结规律、强化记忆、以利迁移，要能够结合学习将以前的知识综合起来进行同化，要能够完善出截止进度的思维导图和知识树，使反思和总结更加系统。

在课改当中，只要教师心中有学生，从学生的角度设计各项活动，不但会出现生动活泼的局面，而且会产生良好的效果。以上所列，可能不够科学，但却是一种意识和探索，希望给大家一个启示，能够找到破解课改瓶颈问题的关键所在。

课堂教学中的学生展示

课堂教学中，基于小组合作学习的学生展示，是实现新课程改革所倡导的自主合作探究学习方式的重要举措。“示”是方式，“展”是目的，即促进学生的发展是目的。在教学实践中，笔者对课堂中的学生展示主要有以下感悟。

1．充分有效的预习是保障。要想在课堂上进行有效的展示，之前的预习或自主学习非常关键，不但要保证预习时间，解决相关的基础知识的问题，同时还要获得相应的初读体验，并凝练出问题。这里基于一定标准的预习评价非常关键，要经过自评、互评、组评等环节，让学生尝到成功积累的喜悦。这里，学生预习的载体非常重要，或是基于全程学习的导学案，或是提炼出来的问题单，或是已经形成的良好习惯，学生依法自学。只有充分进行有效的自学，学生在课堂上才能进行精彩的充分的展示。

2．展示时要多给中游学生机会。课堂展示要多给成绩处于中游的学生机会，即使是小组展示，也是由中游同学负责一般性的任务。这样做的好处在于：让成绩处于中游的同学有成就感，也为成绩稍差一些的同学提供了启示，同时给成绩优秀的同学提供了点评指正同学展示的余地。这种安排是符合规律的。

3．板演、投影、纸测灵活运用。文字呈现是展示的一种重要方式，可灵活进行。如，教师可用小纸条测验的形式对学生进行全体考察，同时每组选代表到黑板指定位置进行板演。教师可结合同学的板演进行点评讲解，也可在桌间巡视时选取同学的小纸条，利用实物投影进行随机展示。虽然有很多现代化的手段，但是想来用黑板进行检测仍然无可替代。教师要结合教学实际灵活运用并多加训练。

4. 展示内容要合理分工。立体式的展示，是提高效率的有效举措。如果需要展示的内容多且难度相当，可平均分给每个小组，这样展示时既能节省时间，又能使小组间互相借鉴，提高效率。有些纵向内容上有严格逻辑关系的展示任务，则可以在每个小组内，立体化地根据学生能力和成绩分工，这就是所谓的“分层次教学、分层次训练、分层次评价”。这需要教师对教材内容和学情有非常准确的把握。

5. 组内展示要求同、求疑。自主学习后，学生要结合预习成果及学案思考题，进行组内展示。组长组织有序发言，能达成共识的直接过关。对疑而不决的疑问，组长要认真组织讨论，教师也要参与，让学生反复思考，将其凝成清晰的问题，留待下一步借助全班的智慧或请教老师来解决。问题意识非常关键，只有如此才能将学习推向深入，才能培养出尖子学生。

6. 发言要言之有据、思路清晰。这点对于理科展示时的讲解习题非常关键。发言的学生不是简单地说答案，整个解题思路是什么，每步依据是什么，思考时的理论、规律、规则是什么，要清晰地阐述出来。这对培养学生的思维能力、语言表达能力、合作交流能力都非常重要。这也是开篇所讲的“示”是为了“展”，为了促进学生的发展。

7. 概念语法类的讲解仍不可少。小组合作学习及展示以学生为主体，但是在有些时候，教师还是要进行简明扼要的讲解。如学科中最基本的概念、规律、原理、语法，这些依靠学生去探究，不现实也得不偿失，所以教师在此之际还要适当讲解，并让学生学以致用。但是教师要把握好尺度，从知识特点与学生实际出发，坚持学生自己能会的不讲，协作研讨后能会的不讲，讲了学生也不会的不讲。

8. 展示时教师要协调评价答疑。在整个预习展示过程中，教师要把握好度：自主学习时，教师要来回巡视，关注学困生，给予其指导鼓励，并适时关注学生学习进度，给足学生自主学习的时间；小组交流时，教师要做好调控，并时时留心，看能否有新的教学资源生成；全班交流时，教师要做好协调、评价、答疑，使课堂形成多向信息传递和多元评价沟通的良好局面。

基于小组的学生展示，掌握规律后即可熟练运用，课堂会呈现出积极的局面，为提高效率和师生共同发展提供非常好的平台，非常值得我们深入研究、练习运用。

关于课堂教学中教学活动的设计、实施和反思

学科活动，也就是学科实践，是课堂教学中必不可少的，其关键是要结合教学内容和学生实际，认真设计有思维含量的学科活动，同时还要有学科特色，在今天的课堂教学中，我设计了相关的几个活动，对学科能力的培养有一定的作用。

1. 默写考查。因为下雨，所以学生大课间没去操场，而是在班级上自习，恰好我上第三节课，提前几分钟去了教室。利用这段时间，首先是对《白雪歌送武判官归京》进行默写考查，我先说明了默写要求，先让学生自己温习古诗，并点了几个难写难认的字词，这几个字词主要是让学生结合注释进行强化。因为有课前的时间，学生的自主复习时间比较充足。自主复习之后，我让学生拿出小条默写，两名同学到黑板板书默写诗歌的两个部分；前面板演和学生小条默写同时进行，进度相当，几乎同时完成，但是也有个别同学对诗歌不熟悉，抬头看了黑板，但是大部分同学完成得非常认真。默写完之后，默写的小条收上来，结合黑板的板书，我再次明确了重点字词，同时，结合所讲的内容，强调了名句、比喻、夸张、对比、过渡、描写等关键的知识点，效果不错。

2. 朗读内化。基础落实之后，为了进一步加深对诗歌的理解，我还设计

了朗读指导的环节，就是找出诗中的重点诗句，要求学生进行实践：这几句诗你在朗读时应该怎样处理？是要读得快些，还是慢些呢？是要读得高些，还是低些呢？要说出理由。为了将理由说得充分，我还带领学生重温了诗歌蕴含的情感，也就是通过对边塞雪景的描写反映出的对祖国边塞壮丽雪景的热爱，和对返回故里的友人的牵挂。

学生在谈的时候，主要依据诗中的情感，结合自己的声音处理，进行了再次品味。比如，朗读“忽如一夜春风来，千树万树梨花开”一句，学生认为应该满怀喜悦和惊奇，将此诗句读得稍快些、声音稍高些，但是不宜太高太快，因为要体现出对胡天边塞雪景的展望；而第一句“北风卷地白草折，胡天八月即飞雪”，应该读得稍低些、慢些，体现出天际来风、席卷草地的劲道形象；对于“瀚海阑干百丈冰，愁云惨淡万里凝”一句的处理，出现了争议，有的学生认为应该读得快些、轻些，体现出雪后天地之间的静寂；但是很多同学认为应该读得慢些、重些，因为这两句是诗歌中的过渡句，为了体现结构的分野，所以应该读得慢些，同时，彤云密布，笼盖四野，要读得重些。最后，大家达成了一致，都同意后者。这种争议，对诗歌的理解及情感的熏陶和思维的培养，是最为有利的。

通过这样的朗读指导，不但进一步熟悉了诗歌内容，还加深了对诗中情感的理解，还训练了学生的朗读能力。有的人可能会产生疑问，朗读指导应该在教学中进行，怎么放到了这里呢？开始读诗时，主要是熟悉字词，校准字音；在教学过程中，可以结合理解进行指导；但是，真正的朗读，是在学习完成之后，带着对诗歌的理解，灵动地进行的，这样更能深化对诗歌的理解。

3. 指点思路。《白雪歌送武判官归京》教授完毕之后，进行《茅屋为秋风所破歌》的教学，在常规环节进行之后，我设计了一项活动，不知是否合乎规律。一般的情况是理解诗意，再梳理思路；但是我在理解诗歌大意的基础上，和学生交流了喜欢哪句诗，不理解的提出质疑。之后，我直接从原诗归纳出了一些词语：风破茅屋、群童欺我、夜雨难眠、美好愿望，让学生依据这些词语划分诗歌的层次、梳理诗歌思路。因为有了提示，所以学生很快正确地划分出了诗歌的层次，教学进展得很顺利。

但是，我还没有考虑好这样做合不合思维规律和教学规律。这里有三点疑惑：一是老师直接给定词语，是否会限定学生的思维；二是这样做是否违反了从一般到特殊的思维规律；三是这样做是否限制了学生的其他理解。在讲授其他课文时肯定不能这样做，但是，在诗歌学习中，这样能加深理解，能将复杂的长诗予以简化，同时能加快进度。于此来说，这样做还是有一定价值的。

4．原诗改写。《茅屋为秋风所破歌》只是进行了第一课时，我留了一个作业，就是在尊重原诗的基础上，将其改写成一篇小短文，不少于300字。这样做的目的有两个：一是结合注释和自己的理解，翻译全诗；二是训练学生的想象能力和写作能力。这首诗有一定的叙事性，比较利于改写；同时，这种形式比较新颖，能在一定程度上调动学生的积极性。同时，我要借助改写，来帮助学生完成对诗歌的分析，在课堂上，要分段落来进行，要相机而定，以求实效。

同时，还要对这首诗歌进行朗读指导，包括以上方面，还要进行关键句子的重音处理指导。

总之，立足教材、为了学生、基于课堂、富有特色，这样的学科活动，肯定会对学生的能力培养及学科素养的厚淀非常有利，需要我们教者认真考虑和设计。

精彩的教学设计

以体育、信息技术两个学科为例，浅谈教学设计。

体育学科和信息学科的教学设计，要有如下特点：

1．注重兴趣和差异。曾经做过一次调查，题目是“你最喜欢的学科是什么？”结果，体育课位列第一位，信息技术课位列第二位，尤其可见学生对这两个学科的浓厚兴趣。兴趣是最好的老师，老师可以因势利导，在让学生在愉快地学习该学科的同时实现教学目标。激发学生学习兴趣的方式多样，比如利用刚结束的苏炳添跑进世锦赛决赛的例子来激发学生对所讲内容的兴趣和对快速跑运动的喜爱；信息技术课上，用中央电视台的视频导入，既实现了导入新课的目标，又是信息技术制作的成品的展示，效果很好。

教学设计要注重学生的差异。学生体质的巨大差异和信息技术能力的差异，是教学中必须考虑到的。如果忽视了学生的体质差异，不但体育课的效果会大打折扣，甚至还会存在安全隐患；信息技术方面，有的学生的水平可能已高于教师，有的因为条件所限对信息设备及技术知之甚少。在这门学科中，存在差异是必然的，但是如何缩小差异，并把差异当作一种资源加以充分利用，是课堂生态化的一种理解和运用。

2．注重科学指导。体育锻炼和信息技术，都存在浓厚的科学性，必须按照一定的规律进行指导，老师需要重视。笔者曾分别听过一堂精彩的体育课和信息技术课。体育课中，在正式开课之前，老师先带领学生进行热身运动，讲解快步跑的时候，老师结合运动生理学分解了动作，进行了认真的讲解，很富有实践性。在信息技术说课中，老师非常严谨地设计了活动环节。此处的建议是教师要认真设计，要充分利用好课堂资源。做好个别辅导，针对学有余力或是有浓厚兴趣的同学，一定要让其吃饱，充分发挥其潜质，让其形成特长；针对一般同学，只是保证其健康或是丰富其素养即可。

3．恰当的品德教育。这两个学科不同于人文学科，但是通过课堂对学生进行品德教育，是所有学科的任务。如，在体育课上，老师要求学生讲求科学的锻炼方法，在运动中要进一步锻炼自己的坚强毅力，这就是体育课品德教育的一个准确定位。在信息课上，老师组织学生制作关于纪念“九一八”的动画，这就会将信息技术和所负载的内容结合起来，既进行了爱国主义教育，又完成了本学科的教学内容，实现了“信息化是为个性化学习提供支持的”这一论断。

精彩的美术课引发的教法设计思考

我校的“五化”课堂构建工作，经过了长期的实践探索和师大导师的指点提炼，框架已经搭建成熟，但是我们更需要在课堂教学实践层面以教学模式的形式进行总结和提升。基于这一点，自十月份以来，学校推行了“构建‘五化’课堂，深化课堂改革”的教学研讨活动。本次课堂开放活动，没有像以往那样以活动的形式集中在一天或几天，而是注重融合在常规教学中，利用了每周教研组活动的两节课时间，第一节课全组老师听课，第二节课老师们进行反思和说课，这样把课堂研讨常态化，还把教研活动与课堂教学研讨结合了起来，这样不但减轻了老师们的负担，而且能直接针对教学当中的问题，尤其是我校的“五化”课堂教学的完善来进行。

在整个课堂与教学改革中，处于核心地位的是教学方法，时下最为业界所诟病的，就是满堂灌的教学方法造成的费时低效的弊端和学生负担过重的问题。今天听了一节年轻教师的美术课，课题是《吉祥物设计》，总体上学科特色很鲜明，教师的素质也非常高，在教学方法上有很多用心的设计和富有研讨价值的关键点所在，归纳起来，教师在如下方面进行了有益的尝试。

1. 恰当使用的讲授法。讲授法是最基本的教学方法，其历史几乎伴随着人类的成长，在当今反对满堂灌的形势下，我认为适当的讲授法是必要的。在教学过程中，老师对吉祥物的概念进行了深入的探讨，同时对相关的背景也做了介绍，语言简练，富有文采，内涵丰富，讲解生动，这是很成功的亮点所在。我们看诗书画不分家，美术老师的文学功底也颇深。但是，值得我们推敲的是，对概念的理解，老师要做深入的引导，即使学生记住了关于吉祥物的定义，对其内涵和外延有一定的了解，但是没形成自己的认识还会流于表面，比如可以从感性的角度让学生凭印象说说什么是吉祥物；定义交代完之后，老师可以让学生列举一下记忆中的吉祥物有哪些，这样不但可以调动起学生的认知积累，如教师加以点评，还会使学生对吉祥物的认识有所深化，所以心理学化的讲解非常必要，要求立足学情、由浅入深、通俗易懂。

2. 精彩的示范教学法。本节课的一大亮点，就是老师的示范教学。老师交代完吉祥物的定义后，结合长春农博会的主题，现场在黑板画了一个以南瓜为原型的卡通吉祥物，取名南神。因为是现场示范，学生非常感兴趣，对老师的专业素养的认同和崇拜达到了很高的程度，在此之下，教学效果肯定会非常理想。身教胜于言传，人师强于经师，精彩的专业示范的效果对学生的影响是直接的、深远的。我们呼吁这一点，要求我们的老师一定要有广博的专业知识和精湛的学科能力。

3. 学生的自主创作和展示法。老师进行了基本交代和讲解之后，要求学生进行自主创作，之后进行了课堂展示。整个创作过程中，老师播放了轻柔舒缓的音乐，曼妙的音乐声启迪着学生的灵感，这个思路很好，符合课堂教学的规律，但有几个细节有待商榷。

（1）老师对内容的安排。本节课的主题是吉祥物设计，老师在要求学生对吉祥物进行设计时，让学生围绕几个节日进行构思与创作，并采用抽签的方式确定每组的选项。这个意图非常好，但是在实践中，我们却看到了几个现象，一是学生对某些话题不熟悉或者是不感兴趣，直接耽误了学生创作的发挥；二是在学生交流时因为别的组不熟悉其他组的情况，所以在展示时，其他同学没法进行补充，这导致了对话教学无法深入，影响了课堂的教学效果；三是学生难以深入地进行情感和德育渗透，所以，我的建议是全班同学都围绕一个主题做设计，这样既便于交流，又能集中围绕内容进行情感渗透，效果会更明显。

（2）小组讨论的介入。学生的独立创作很好，在展示时学生的积极性也很高，但是学生对作品进行解读时，语言却较简单，究其原因：一是学生年纪小，人文视野和艺术素养不够开阔，艺术鉴赏能力不高；另一个则是在个人创作和全班展示之间，缺乏小组交流的环节，如果此处老师能设计让学生在组内先说一说，或是让发言的同学在组内能先演说一遍，不但效果会更理想，同时对发言的同学也是个锻炼，别的同学也会有新的生成，这样就能保证全班发言的质量了。

（3）教师的点评助力。老师的专业素养很高，也具有一定的教学经验，不过可能是因为课堂时间紧张的关系，老师的点评比较简单。实际此处的点评非常关键，是把先前的知识、刚才展示的能力、内容所含有的情感和方法，围绕事例进行综合点评的过程，也是老师对学生的态度和价值观进行引领的关键环节。说此处是关键环节，是因为老师可以利用例子及知识的优势进行无痕的化入引领，所以，年轻教师一定要满怀对专业的热爱和豁达的胸襟，在充分备课的基础上，利用高超的教育智慧，对学生的回答进行精彩的点评，在围绕作品进行对话的过程中，将教学引向深入。

（4）关于德育的渗透。本节课一个非常感人的亮点，就是在讲到1980年苏联举办年奥运会时，老师介绍吉祥物莎娃的相关往事，因为政治的原因，有80多个国家未能参加此次奥运会，所以闭幕式上，用人形排出的吉祥物中，设计了流下眼泪这一环节。这个环节具有打动人心的感染力量，我们会感到，此时当政的苏联政府，可能会反思自己的霸权行为，美国等未参加的政府心底会产生对自己狭隘的愧疚和未参加的遗憾，而这都是因为吉祥物设计者的伟大人性光辉及赤诚所在。我觉得，安老师在这一点的设计上是最成功的，自身素质、学科特色、师生互动固然是本课的亮点，但是真正的感动与教育，就在这离心灵最近的感动一刻，老师要着意而为之。

4. 综合相关学科的教学方法。教学方法分为教授、学习、互动及教学模式，本节课虽然不能说有什么经典的教学模式的构建，但是老师能立足美术学科进行综合，扩大了课堂的容量，赋予了吉祥物这个课题以文化内涵和历史意义，这种综合化的教学方式很值得赞赏。我们看这节课至少涉及了音乐、文学、历史、政治等学科，同时融人性和情感为一体。人文学科有其共性，即：文学的言外之意、音乐的弦外之音、美术的象外之旨。

现在，学科综合化的趋势越来越明显，甚至综合课程中有一门课程就叫作核心课程，就是以问题为导向，来组织教学，这对培养学生解决问题的能力非常有效，同时打破了学科界限和行业界限，培养了学生系统思维和综合思维能力。

听课的过程感到很顺畅，近期头很疼，但是听课时为之一震，欣喜之余赋诗一首以记之。

吉祥美术

寒冬美课送吉祥，徜徉艺海沐朝阳。
耳濡目染面示范，艺术素养厚淀长。
知情并重化发展，德艺双馨放眼量。
最是心物相及时，画外之旨室生香。

提高教学质量分析的实效性

期中考试之后，我连续参加了九年级各个备课组的质量分析会，对质量分析的形势有了进一步的思考，那就是：在教学管理中，怎样的质量分析是有效的而又费时最少的？

教学质量分析，是教学评价的极为重要的组成部分，也是对教学设计、教学实施、教学管理进行审视、回顾的重要环节。一般包括年级质量分析会、班主任质量分析会、学科组质量分析会、家长质量分析会，这几个类型的质量分析会的共同点，都是围绕考试试卷、考试成绩及相关数据进行统计，分析学生的情况及教师过去一段时间的教学得失，尤其是发现问题，制定整改措施并做好落实。但是不同的质量分析会形式，侧重点有所不同。

一、年级质量分析会

这种质量分析会是该年级的全体老师集中在一起，由年级主任主持，校级领导参加，程序大致是：各位备课组长发言，教导主任做常规教学总结及要求，年级主任做年级工作小结并布置下一年段工作，校级领导发言并做总结。

这种质量分析会的好处是：能在会上对整个年级的教学工作做全面的分析

和布置，宏观把握和调控能力强，能把学校的整个战略意图加以渗透和强调，同时能把学校的课程管理及育人安排做以统筹，并且各个班级各个学科能够在现场互相交流和借鉴。对于教师队伍中存在的问题，在会上予以强调也会有特殊的作用，可以加强年级建设和教师队伍团队建设，对形成年级教师集团冲锋的态势很有作用。

但是这种质量分析会要有学科质量分析和班级质量分析的支撑，不然会有以下几个难以克服的弱点。

一是内容较多，难以透彻：如果班级在十个左右，加上各级领导，那将会有五十多人参会，各个层次都会有内容加以落实，不但时间会很长，而且会有一些其他问题冲淡质量分析的主旨。

二是隔跨学科，老师陌生：因为是整体的质量分析，各个学科虽然可以互相借鉴，可是其他学科的大部分内容对本学科来讲还是意义不大，对解决本学科中存在的问题也不会有积极的作用。

三是学情不同，难以落实：这是年级质量分析会最大的弊端，虽然会上可以进行关于目标生、问题生、边缘生、临界学生的相关措施的布置，但是因为人数多，难以具体化，或者是不好彻底落实有针对性的措施。

二、学科质量分析会

这种质量分析会的实效性非常高，因为会直接接触到考试的试卷、学生的成绩，分析的内容包括取得的成绩及经验、存在的问题及原因、改进的策略及措施、学科特色活动及安排。一般由学科组长主持，基于数据统计，大家分别发言，逐题进行分析。这是一种常态化的分析，也是最有实效性的校本教研形式之一，作为质量分析也是弊端最小、效果最好的。但是根据参加学科质量分析的情况，我感觉要侧重以下几点。

一是要找准学科中的问题。不要做泛泛的表面上的分析，要结合试卷及学生的实际问题找到原因所在，原因分为真原因和伪原因，要考虑问题的症结所在，不要被假象所迷惑。根据多年的经验，我感觉能找准问题是很难的一关，也是教师的水平与敬业精神所在。

二是要注重措施的实效性。问题形成之后，需要学科组认真地加以考虑，看怎样才能加以落实。就怕没有措施，这是典型的学科组不作为，工作推着往前做，问题越积越多，致使最终的成绩出现滑坡；还有就是相关的执行力不够，或是组内不团结，在落实中出现了不配合、各自为战的行为，这也会极大地影响组内团结。同时要综合考虑措施的综合性，就是要关注到教学设计、教学实施、教学管理、教学评价的整体关照。

三是要充分考虑学情。教师们往往只是泛泛地制定措施，问题谈得也很笼统，而问题的形成和措施的制定及落实，第一要务都是要考虑学生，对问题、措施及落实的考量和斟酌，也要立足学生。

四是要注意个性化辅导。这里的个性化包括两层含义：一是针对教学内容的个性化，在哪些地方学生还存在疑问，教师要进行专题式的补救和训练；二是学生的个性化，针对重点的同学，教师一定要认真进行个性化的讲解辅导，不仅是结合试卷，包括各种练习，都提倡教师要进行全批全改和面批面改。

五是聚焦的重点要放在课堂上。学科组质量分析的核心，实际也是最艰难的，就是如何立足课堂提高效率解决问题，离开这一点来谈教学改进措施都是不现实的，包括知识的精要、措施的落实、个性的教学、当面的辅导，都要立足在课堂教学中进行强化，不然每个学科都有一项新措施，最后都会因为加重了学生的负担而无法实施。

总之，质量分析中学科组的分析是最重要和最根本的，要切实地做好。

三、班主任质量分析会

召开班主任质量分析会的重要目的，就是重点对学生进行分析，班主任是综合培养学生、平衡各科、健全推动学生学习动力系统的最关键人物。如果一个班主任不善于做学生的思想工作，不善于和学生、任课教师及家长进行沟通，不但会严重影响学生的成绩，还会限制学生的成长。现在提倡均衡教育，班主任进行随机选择，实际来讲，我们要理解家长的心理，大家都认识到，一个好的班主任对学生成长的影响是极其深远的，而一个不负责任、没有水平的班主任，会耽误学生的成长。

班主任分析会，要求各位班主任分析出本班学生的学情，要洞悉重点学生、问题学生的内心世界，要立足考试成绩及平时表现，将学生进行归类，当然这里的归类不是给学生贴上标签或是歧视学生。既要知晓学生的薄弱学科、强势学科，还要掌握学生内心的变化，再明确一些，就是要重视学生非智力因素的培养，以此来激发学生智力因素及人格的健全；同时班主任一定要有加强班级建设、营造好学氛围、平衡各科教学、全面个性育人、进行生态管理、善于进行沟通的能力，那种只知道看班、简单粗糙、认识粗浅、不讲方法、没有水平、不知敬业的班主任，是会误人子弟的。

以上是几种质量分析会的形式，都有各自的一些弊端，并且教学时间有限，几个分析会都开的话，会占用大量的教学时间。

针对目前质量分析的现状，有些学校在探索家校班科四方联席会议，既可以弥补各种形式的弊端，又可以省时高效。我们也做过尝试，效果很好，将在下篇以后的文章中加以探讨。

关于集体备课

正常的教研组会，是教研组长组织，全员参加，主备人发言，骨干教师引领，最后形成方案。但是这种备课，不能体现以学生为主体的教学理念，所以，在实践中，我们总结了“三三五三”备课模式，具体如下。

第一个“三”是指备课的三个要素，即：学习目标、学习内容、学习方法。平时备课，对教法、教材、教师研究多，而对学生、学法研究少。在备课中，要转变理念，把教学目标、教学内容、教学方法转变为学习目标、学习内容、学习方法。如此，就能根据课标和教材明确学习内容，根据学段任务和学生实际确定学习目标，根据学生学习规律和学科的认知规律确定学习方法。总之，以学习目标、学习过程、学习方法为主，明确定位，能充分地关注到课标、教材和学生。

第二个“三”是指三个流程，即：自备、研备、再备。集体备课实际包括个人备课和集中备课。个人备课包括自己准备和个性精备，集中备课包括集体备课和分散备课，四个要素的有机结合，才是最佳的备课方式。其中，个人初备要提前准备，只有这样才能在备课时进行有深度的会谈；个性精备在集体备课之后，老师根据自己的特长和学生的特点，进行再次备课，这是教师成长的关键。分散备课往往因为其方式灵活且效果良好，能随时随地解决后续问题而受到欢迎。集中备课是备课的重头戏，是集中集体的智慧进行攻坚破难。

“五”是指自备的五个角色转换的经历，即：读者、作者、编者、学生、教师。就语文学科来讲，老师要从读者的角度感受文本，获得属于自己的体验；从作者的角度根植文本，这样才不至于跑偏；从编者的角度审视文本，看编者的总体意图和文本的特殊含义是什么；从学生的角度考虑文本，真正了解学生的问题所在；从教师的角度驾驭文本，最终设计出教学方案。

最后一个“三”是指研备中的三个环节，即：反思、主备、讨论。一般的备课只有主备说课，但是前一周的教学当中，会有很多成功的经验和失败的教训，需要教师进行总结和反思，否则教学还会陷入低水平的重复。说课时，主讲人要重点说明设计意图，这样才能将设计上升到理性的层面。讨论，就是指大家针对各种问题发表意见，完善教学设计。

“三三五三”备课模式，会很大程度提高备课的质量，从而为教学总体实施打下良好基础。

备教材、备教法与备学生、备学法

我们在备课过程中，往往更关注教材与教法，却忽略了对学生及学法的研究，而对教材的研究，更多的是体现在对知识点的分析和落实上。

比如，当拿到了一本新教材后，就某一教学内容而言，较之自己以前理解的内容有怎样的变化；是新增内容还是传统内容；知识点的要求是高还是低，是了解、理解，是掌握还是熟练运用；考试时对该知识点的考查是怎样的；常见的题目类型有哪些；要怎样通过教学达到考试的要求；要选择哪些习题对知识点进行巩固；课程标准、教学参考书要求几课时讲完；双休日、节假日、各种串休对课程进度的完成有什么影响；要给予教材留好哪些作业。

就教学实践来讲，课程体现的形式主体当然是教材，以上所说的，都是非常必要且不可缺少的，但是，如果一切都是为了教师的教，对学生的情况却置若罔闻、熟视无睹，那就会严重偏离教育的核心要义。学生是教学的主体，是学习的主人，促进每一个学生的发展，是新课程的根本宗旨，而很多老师为了省事，不去研究学生。在上课之前，如果我们不去了解学生的真实状况，不去关注学生的学习基础，不去研究我们的教学对象，那么再好的教学设计，也会大打折扣的。试想，当我们对学生的学习兴趣、情感态度都不了解，甚至连学生是否具备了学习某一内容的基础知识都不清楚，怎么设计出符合学生实际、为学生所欢迎的教学方案来呢？学生已有的知识经验基础是教学活动的起点，教师一定要采取问卷、座谈、小纸条等方式，调查学生的学习基础和已有经验，分析学生的学习心理和情感倾向，研究学生的认知规律和学科的学习规律，结合这些去商讨确定教学设计与实施方案。

因为很多教师注重教材研读，所以这样的教师关注的依然是教材研读和教法设计，也就是上课如何讲：内容如何讲得清楚，题目如何讲得精彩，重点怎样强调到位，语言怎样力求优美，先讲什么，后讲什么。讲授《岳阳楼记》，备课教师先介绍了写作背景和作者简介，然后逐段分析有哪些知识点，考试时重点的考点是什么，还对历年来的中考真题进行了链接，之后老师们还对本文的写作目的进行了深入的探讨：对滕子京的劝勉和规谏之意、不以物喜不以己悲的豁达胸襟、先天下之忧而忧后天下之乐而乐，这三处哪一个是文章的中心呢？讨论得很激烈，大家各抒己见，这些内容也是必要的，但是我们毕竟不仅是文章专家；虽然很深刻，但是却唯独没有涉及对学生学习方法指导的设计。

因此，设计课堂教学活动，创设问题情境，把握有利时机，适时转换角色，促进学生自主探索、合作交流学习，进而培养和发展学生的终身学习能力，是备课的重要环节。备课教师的讲固然重要，但归根结底，讲是为了促进学生的自主学习，讲是为了少讲，讲是为了不讲。

备课的三个要素是：课程标准、教材、学生。研读课标，明确指导方向；研读教材，获得第一体验；研读学生，预设模拟场景。同时，在实施中，教法和学法的最佳状态就是：教法学法化。

教法学法化是指在课堂教学过程中，教师的教法方法主要体现在以学生的认知规律和学科的学习规律为主的学习方法之中，整个课堂教学流程以学生的自主展示探究为主，目的是培养学生的自主学习能力。

教学是教师教和学生学所组成的一种双向活动，教法和学法是不可分割的，教法渗透着学法，学法渗透着教法。但是，教师教法的基础是学生的学法，教法要遵循学生学习的特点和规律。“学然后知不足，教然后知困。知不足，然后能自反也；知困，然后能自强也。故曰：教学相长也。”教法和学法的目标、任务、评价相同，活动空间和时间一致，整个教学过程也就是一个“从教到学”的转化过程。在这个过程中，教师的主导作用不断转化为学生的主观能动性。随着学生的自我意识、学习能力、知识水平和发展水平由小到大的不断增长，教师的作用在量上也就发生与之相反的变化。

叶圣陶先生所言：“教任何一门课程，最终目的都在于达到不需要教。假如学生进入这一境界，能够自己去探索、自己去辨析、自己去历练，从而获得正确的知识和熟练的能力，岂不是就不需要教了吗？”教是为了达到不需要教。由“教法”为主转化为“学法”为主，使学生能自主学习。

教法学法化，首先，教师要了解学生的学习效率、生活经验、已有知识水平和能力等。其次，教师要加强指导，给学生做出示范，使学生明白教师的意图。最后，要加强学生的实践活动，使学生在实践中完成由教法到学法的转化。

教法学法化操作的方法，要求每位教师都要结合初中学生的特点，从学生的角度研究本学科的学习规律；然后总结出一些易于操作的学习方法；之后融合课堂教学中小组合作探究的教学组织规律。以上概括为：学习规律——学习方法——教学方法。

教法学法化的课堂教学分组要点：明确目标、个人自学、组内交流、汇报评价、总结归纳，让学生自主、合作、探究地展开学习。

课标、教材、学生、教法、学法，是备课的五要素，缺一不可，而重中之重，是学生！

富有实效性的集体备课展示

笔者曾观摩过一场精彩的备课展示。精彩的集体备课不但在形式上进行了创新，内容及对教材的挖掘上也很有深度。我们感到，一次高质量的备课，不仅能完善教学内容，呈现精彩的教学设计，同时更是一次深度交流和充分研讨，对教研团队建设有着突出的作用，尤其是学术价值不可低估。

备课的内容是七年语文上册的《寒花葬志》。《寒花葬志》是明代文学家归有光的一篇散文。当时，作者的妻子魏孺人已经离开人世，而魏氏的陪侍丫鬟寒花也过早去世。文章通过追忆寒花的生前经历，表达了作者对妻子深切的思念之情，原文如下：

婢，魏孺人媵也。嘉靖丁酉五月四日死，葬虚丘。事我而不卒，命也夫！

婢初媵时，年十岁，垂双鬟，曳深绿布裳。一日，天寒，爇火煮荸荠熟，婢削之盈瓯，予入自外，取食之；婢持去，不与。魏孺人笑之。孺人每令婢倚几旁饭，即饭，目眶冉冉动。孺人又指予以为笑。

回思是时，奄忽便已十年。吁，可悲也已。

和大多数备课一样，整个备课过程由教研组长组织，主备人发言，大家研讨，学科带头人把关，最后完善教学设计。

1. 生动形象的微型课设计。整个备课流程包括微课展示、设计解说和集体研讨，非常富有特色的是最开始的微课展示。史泽明老师非常年轻，但是素质极高，语言表达流畅，通过没有学生的模拟微型课，把教学设计都展示了出来。

精彩导入之后，史老师让学生找到文中描写寒花的句子，看哪个词语用得好。通过这一点不但找到了、明确了文章的内容，还对文章的人物形象做了分析；在了解内容和教师范读的基础上，指导学生进行朗读，教师的朗读声情并茂，尤其是最后一句对抒情句子的处理，震撼人心。教师的反复引导意在让学生深入体会文章的情感。

这节微课所展示的教学设计，充分体现了结合文本咬文嚼字，以此来概括内容、探究深层含义、体会作者情感，在忆寒花、悼亡妻、叹自己中，体会了作者深切的思念之情及极其悲伤的情感。我感觉用微课来展示，有以下几点好处：一是能把教学流程清晰地展示出来，展示后和文本相结合，让人印象更加深刻；二是形象直观，有很多教学情境在微课的展示中都能呈现出来，给听者以深刻的印象；三是讲课的教师进一步熟悉授课内容，相当于进行了一次试讲，长此以往对教师教学能力的提高大有裨益。

在备课形成草案阶段，教师要研读课标，明确指导方向；研读教材，获得第一体验；研究学生，预设模拟场景。而微课就是一个非常好的预设模拟场景的办法，我校的三三三备课模式，有些过于枯燥，但是如能引入微课的形式，将更加完善和富于效果。

2. 深刻实用的意图阐释。微课展示之后，负责主讲的于则老师对整个教学设计从目标、重点、难点、教学流程等方面进行了认真的解读，重点阐释了设计意图，侧重在以下几个环节。

一是对学情的分析。在设计时充分考虑了学生的基础和需要，通过各种手段激发学生的兴趣，同时从理解能力的角度看，对寒花的心理特点是不好理解的，这将是本文的难点，这一点结合学情来分析非常实用，考虑得也很合理。

二是教师要特别强调从咬文嚼字入手。通过品味语言的表现力和艺术张力，并进行适当的鉴赏评析，由文字浅层的含义到深层的情感理解，不但实现培养学生能力，促进个性发展，还进一步实现了语文课的独特味道。

三是教学设计要本着由浅入深的原则，要按照读通、读懂、读透的原则，要从字词落实、实词理解、赏词析句、附着情感的角度，在反复诵读中，关注作者是如何来写寒花、亡妻和自己的，这是富有特色的语文学习规律，也是符合学生年龄特点的认知规律，不可违反。

四是要注意对学生进行习惯养成的训练。比如史泽明老师精彩的范读、认真的分析、方法的传授、手写的板书，都是对学生极好的示范。良好习惯的养成过程，就是语文能力形成的过程，教师要在教学中很好地落实。

微课的展示和意图的解说，将教学设计立体地展示出来，便于进行深入的剖析和研讨，而要使教学预案更加完善，需要经过集体备课的研讨，经过剔除、补充、完善，即可进入高效实施阶段。

3．坦诚深入的集体研讨。教学是遗憾的艺术，即使再用心，也难免有瑕疵，所以主备人形成的集体备课初稿，还要经过集体备课的研讨，以使其进一步完善。在主备人结束微课演示及意图阐释之后，组内展开了研讨，视角犀利、思维深刻、见解独特且开诚布公，有交流、有碰撞、有共识，主要体现在以下几点。

一是关于学情。A老师认为，教师在教学目标的设计中，提到了在文本的挖掘中体会作者的情感，但是学生不会如师所愿，所以，此处不管学生理解到了什么程度，只要正确，都可给予肯定，要重视学生的个性化思考；同时在分析学生的心理状态时，还要关注学生的兴趣点在哪里，同时学生会注意到寒花和亡妻哪个是主要人物，这也是本文的一个重点。

二是要关注学生的预习。B老师认为，要出示关于预习理解的问题，同时教师要结合当时的情况，进一步品味作者对寒花的描写，体会语言表达的艺术，要通过咬文嚼字反复品析词语。

三是要注意问题的整体性。教学中有很多处分析个别词句的含义，但是怎样进一步将其和文章的内容结合起来，此处C老师借鉴了石老师的课堂设问，就是“你喜欢画面当中的哪个细节？”这样的设问，既能见微知著，又能宏观把握，是教师要认真品析的。

四是关于吟诵的处理。D老师不但阐述了咬文嚼字和语意双工通过吟诵都能实现，而且还当场进行了吟诵，非常精彩；但是E老师提出吟诵不能大面积推广，两位老师产生了争议。因为时间有限，主持人唐老师非常机智，及时进行了调节，将备课拉回到文本轨道上来，所以，教研组长的调节和掌控能力非常关键。

五是板书设计。F老师结合自己的教学思路，针对说课教师的教学，出示了自己的备课思路与板书设计，共两份。一份非常唯美，但是与学生的年龄特点不相宜，所以忍痛割爱；之后结合微课时的展示时，对板书进行了重新设计和解说，非常实用。

六是写法探究。G老师针对微课设计，提出了重要的一点，教师没有给予重视和体现的，那就是文章中写法的探究。在描写孩子小时活泼的样子时，其用意在于以乐写哀，在独特的对比中，愈加体现了作者的悲伤思念之情。这一点确实是微课设计中的缺憾。

最后主持人针对备课并就文言文教学进行了总结归纳，也就是在文章中，要做到以下几点：品词析句，体味内涵；以情解文，理解情感；以写促读，培养能力。同时非常主张以写促读、读写结合、读写并重。

通过展示，我们看到了集体备课作为最基本的校本教研形式，对常规教学、教师培养、学术研究所起的巨大作用，值得我们学习借鉴。

教研组建设的六大举措

教研组，或称“备课组”，是学校教研的最基本单位，集体备课也是最基本、最有效的校本教研形式。在我的思维里，尤其重视备课组的建设，因为一个优秀的备课组就是一个特色的课程品牌，就是学校发展宝贵而能动的资源，对学校的发展所起的长远影响不可估量。在备课组的建设中，一些立足于常规教学的措施对备课组建设尤其是年轻教师的培养起着积极的作用。这些措施主要包括：拜师、读书、反思、写作、教研、课堂等几个方面。

1．拜师。教师的培养，尤其是青年教师的发展，依托于教研组，有很多措施，比如参加培训、读书学习、专家听课等，但是，对青年教师的业务能力促进作用最大的就是教研组里的拜师，直接和组里的成熟教师、骨干教师面对面地学习，尤其是进课堂听师傅的课。这样关于课堂教学中常规的处理、整个课堂中教学流程的设计，关于课堂生成中教师的巧妙处理，对教材的挖掘和对学生的关注，包括教学目标的设计、导入、核心问题的设置、教学活动的安排、作业的布置，年轻教师都可以从师傅那里学到有效的经验。这些实践性的知识和经验，对年轻教师的成长至关重要。所以，要从学校的角度，为组里的年轻教师做好对接，同时还要有跟踪和考核的措施，要求师徒之间加强情感的沟通，以期取得最佳的效果。

2．读书。拜师听课是青年教师成长的捷径，但很多时候会出现这样的情况，就是虽然能够学得优秀老师的一招一式，但却不得要领，即使照搬也不得精髓。那些学养深厚的教师之所以能上出如行云流水般的课，主要是因为有深厚的文化底蕴，而文化底蕴主要来自读书和积累，所以教师都要认真读书，厚淀自己的人文素养；二是教师要认真地读专业类的书籍，包括教育教学理论专著、教育教学期刊、学科类书籍，学校还要组织教师进行读书交流与推荐，其宗旨在于激发起教师们的读书兴趣，以便进一步把读书和工作结合起来。现实中的状态是很多教师不愿意读书，试想，教师以其不读书的空空如也的头脑，怎么会有助于学生的发展呢？基于这一点，备课组长要引导组内教师读书，甚至每次集体备课时，都要专门设计这样一个环节，专门进行一段时间内读书的组内交流和汇报。

3. 反思。叶澜教授说过，反思三年成名师。苏格拉底也说，没有反思的生活是不值得过的生活。但是，平常的反思，缺乏深度，有些没有记录，没有形成书面的文章，这样的反思收效甚微。真正有效的反思，是那些富有实践气息和触动心灵的反思。备课时的反思有两点：一是对上周的教学策略进行反思，二是对所教内容以前的教学经历的反思，这种反思只是偶尔，实际却非常有用，不但能将以前的经验形成系统予以传承，同时还可以避免重复性的错误；一般的反思，就是课后反思，包括反思自己的教学设计、反思课堂的精彩生成、反思教师的教学行为、反思学生的学习习惯。可以这样讲，备课组形成了反思的习惯，就意味着形成了浓郁的教研氛围，是提高教师队伍素质的必要前提和途径。

4. 写作。备课组要引导教师将反思和教研相结合，进行写作。写作很辛苦，但是习惯和能力一经形成，会对工作有不可言传的妙处。会写作的教师和不爱写作的教师，其课堂教学的境界和韵味是不一样的。教研组良好的习惯，主要包括读书、教研、写作，而对研究型、专家型的教师来讲，立足实践、结合教研的写作是最重要的，是将研究成果物化的过程，也是系统总结提升的过程。所以，要结合常规，立足有效备课研究、课堂教学改革、学科课程建设、学生个性辅导、教法学法创新进行写作；同时，提倡教师们写教育随笔，这种文体形式灵活，不拘一格，能加入个人很多思考和主观情感，还能保留下很多珍贵鲜活的教育教学素材。教研组除了鼓励教师进行写作外，还要给教师作品的交流和发表提供平台，这不但能进一步激发教师的积极性，还会对教师评职、晋级有帮助。只要教师们尝到了写作的甜头，就会坚持写下去。还有一些有文学基础的教师，可以创作一些作品。吉大附中有位老师，给学生讲自己的作品，效果非常好，是我们学习的榜样。写作行为成了习惯，就会变成一种难得的生活。

5．教研。备课组的教研要具有专业性，主要应该围绕教法和学法展开。要立足自己的实践，总结自己的经验，借鉴和转化他人的教研成果。在教研时，对教材、教法、教学的研究历来是重中之重，我们要做的，是增加对课标和学生的关注。课标是整个教学的方向指导，备课时，要根据预演，模拟预设场景。教研中，切忌脱离实际搞课题研究，我很主张开展项目研究，就是针对教育教学实践中出现的问题，寻求解决办法，以提高教育教学质量。这种以解决实践中的问题为导向的行动研究非常符合一线教师的实际，效果会非常明显。不管怎样，教研要落到实处，而最有效的校本教研形式，就是各个学科的集体备课，一般是备课组长组织，主备人发言，学科骨干把关，大家共同研究，集中集体的智慧，形成教学设计方案和问题解决的方案。

6．课堂。这是所有教研活动的核心环节，教师们要植根于教育，成长于课堂，受益于学生，这也是教师成长的目的和归宿所在。每个老师都要认认真真地上好每一节课，不但要高效地实施备课预案，还要用热情和智慧点燃课堂，同时还要增强同伴互助，同伴的听课、评课及相关科学的评课体系非常关键，是老师们专业成长的基础。

备课组建设，基础是团队建设，而要真正落到实处，重要的一点，就是要形成良好的人际关系和活动氛围，这是教师专业成长的基础。如果一个组里欠缺了草根式的真诚互动，那即使教研设计得再完美，也会流于形式。推而广之，这涉及整个学校的教学文化的构建，而民主、研究、互助是其关键所在。

反思·说课·研讨

今天参加了七年级语文组的集体备课，内容非常充实，主要是按照学校要求的三个环节，即反思、说课、研讨进行的，准备充分，富有实效性。

1．富有实效性的反思。几位老师主要是反思了刚刚讲过的《孩童之道》。《孩童之道》选自泰戈尔的《新月集》，是一首歌颂母爱的诗篇，像童话一般，非常精美。可以一课时讲完，但是如果涉及泰戈尔的介绍和诗歌的详细分析，需要两课时。初中阶段选自泰戈尔的诗集的篇目，仅此一篇，如果草草而过，很是可惜。所以老师们都感到，一课时太紧张，都将其延到了两课时。一来可以通过学习进一步朗读诗歌，以达到熟读成诵、培养语感的目的；二是可以进一步细致地分析，来深刻地感受泰戈尔的诗圣风采。

在反思中，除了延长课时进行精微感受外，老师们还有以下几点感受。

一是感到导入时对泰戈尔的介绍效果非常好，同学们都惊叹于大文豪的天才和勤奋及著作之丰。泰戈尔的成就是举世公认并世所罕见的，他一生共创作了五十多部诗集、十多部散文集、一百多部短篇小说、十二部长篇小说，还创作了大量关于政治的、经济的、文化的、教育的、社会的论文，还创作了两千多首歌曲和两千多幅美术作品，印度的国歌就是泰戈尔创作的，至今传唱。同学们都被泰格尔的创作所震惊，深深崇拜之余，也对文学产生了浓厚的兴趣。

二是老师们感到不理解的就是泰戈尔可以被称为全世界级的诗圣，但是问到中国古代的诗圣是谁时，竟然有不少学生回答是李白。由此可以看出学生们对古代文化的了解不深，并且这届学生小学时的阅读量不够，这对语文教学是非常严重的问题——阅读达不到量的积累，就不会对学生的心灵、情感及思维产生良好的影响。

老师们还有一点感受，就是设置了几个联系生活的小问题，没想到同学们都能结合自身进行深入的探讨，讲得入情入理，由这一点我们看出了教师的教学设计有多么重要。

就老师们的反思，我的观点是，既然将课时延长为两课时，在增加朗读量和分析扩展之余，还要和学生共同感受一下优秀诗作的一些写作要素，甚至有兴趣的同学可以尝试进行诗歌创作。古今中外的诗歌，基本都是用来言志或是传情的，《孩童之道》的意境塑造既有浓郁的印度民族特色，还体现了非常可爱的童真之趣；同时，诗中运用动作心理描写来刻画孩子的形象，并通过议论抒情来揭示母爱，并善于选取典型细节及生活片段来表现诗歌的主题，是非常成熟和完美的。中国诗歌中，也有类似的情形，就是撷取生活中具有文化意义的原型来构成意象，同时把互相关联的意象连缀起来，并且和人的情感相融合，这样就构成了意境。这一点和泰戈尔诗歌的创作有内在的联系；同时，《孩童之道》共五节，每一节结构基本相同，都分别是先说明了孩子是“无所不能、无所不知、无所不有、无忧无虑、无拘无束”，但是孩子把这些都放弃了，其目的就是为了追求获得伟大的母爱。这样的写法，和中国古代诗歌中的重章复沓是完全一致的，都能更深刻地抒发感情，又有一波三折、一咏三叹、回环往复之妙，所以在互相比较中，学生会对诗歌的写法有更深的了解。

通过反思，老师们更加深了对诗歌教学的认识，也为以后提供了经典的教学范例。

2. 规范的说课与深入的研讨。在说课中，庞老师主要进行了《论语》的说课，很恰当地运用了近期学校组织的关于说课活动所取得的一些成果。庞老师按照程序对《论语》的教学设计进行了说明，非常精彩的是其他老师对庞老师的教学设计进行了补充和完善。主要集中在三个问题上：一是最近新增的篇目如何补充并恰当地运用整合到目前的课程里；二是在教学过程中如何实现由读到感、由解到悟的升华；三是考虑到学生的学情，怎样既夯实基础又丰富素养，也就是学生的现状和潜力之间的最近发展区应该怎样确定。老师们围绕这三个问题，进行了《论语》一课的补充和完善。

说课之后的研讨非常重要，是集思广益、集中集体智慧的最佳时刻，其他老师带着自己的理解和教学设计，针对学情提出自己的见解，甚至可以有争议。七年级的语文组有很好的氛围，老师们的素质都非常高，为人也好。如果一个组里的关系紧张或冷漠，对任何一个老师的成长都是不利的，更谈不上基于草根互动的组里的真诚交流。

在参加语文组备课之前，我们进行了两位体育、一位思品老师的说课，是前阶段因事没有进行说课的几位老师。整个说课过程十分规范，看得出是经过了说课训练，大家对整个教学流程更加熟悉和规范了；但是，理想的说课和现实的授课是有差距的，为了取得理想的课堂教学效果，我们需要做到：对备课预案的高效实施、师生之间的有效对话、注重精彩的课堂生成，这些都是取得良好效果的关键。

说课之后，几位老师还交流了月考试卷的批改。因为七年级的是第一次答中学的试卷，所以很多学生还不适应，考试时感觉时间非常紧，作文的字数不够，阅读题答得不够深刻全面。老师们不但对存在的问题进行了深入分析，还提出了改进的措施和意见，主要集中在扩大阅读、加强积累、训练思维、强化表达几个方面。

其中阅读的问题最大，各位老师对前一阶段九年级质量检测的试题非常感兴趣，认为是一套难得的语文试卷，纵观其阅读部分，包括信息文本、文学文本、文言文本阅读，虽然形式多变，但是每套题都包括几个大的题型，无外乎就是中心、内容、写法，所以，以后的阅读教学的方向，就是结合学科的学习规律和学生的认知规律进行。同时，采取批注式阅读，将课上的阅读和课下的阅读有机地结合起来，以进一步厚淀学生的文学文化素养，改变学生的精神风貌。

贯穿整个备课的，有一条鲜明的主线，就是要处处考虑学生，设计和措施都顾忌学情，这就体现了整个教学中最核心的问题，就是把教学目标、教学内容、教学方法转变为学习目标、学习内容、学习方法，这是整个备课的关键所在，也是语文课以人为本的具体体现。

说课的方式和要点

说课的方式，作为一种富有实效性的业务形式，被一线教师大量使用，不仅在备课时是主备人展示自己教学设计的主要手段，还是每个教师在进行自我初备时预设模拟场景的重要方式；同时，教师说课还是提高自己专业素质、丰富自己教学经验的有效手段。那么，一般来讲，教师说课的主要内容有哪些呢？要注意哪些事项呢？

关于说课的程序，一般有以下一些内容。

1．说教材。一般来说，是明确自己所要讲的内容在本学科中、在本册教材中处于什么位置，有哪些独有的知识能力体系蕴含其中，有哪些特色蕴含其中，有哪些具有特质的情愫与思想性，这些都要挖掘出来。同时，还要结合课标的要求，确定教材的独特功能的标准，也就是要结合课标的要求最大限度地挖掘文本或所教内容的价值。这里对教材的分析，更要求教者有自己的感触，要求教者特别珍视对教材的第一体验，之后再结合教学参考书或者是相关的网络资源，进行融会贯通，这样和学生交流时，很多感受仿佛从教者的心底流溢出来而亲近你、令你信服。

2．说学情。这是教师以往被忽略的方面，即只重视对教材、教法的研读，而忽视了对学生、学法的研读，要对学生的情况有所了解，对学生的研究包括学生的现实状况和学习准备。学生的现实状况，包括学生的身心特点和学习需要。学生的学习准备主要包括学生学习的知识准备进而动机激发。这些都影响教学目标的具体制定和实际达成程度。所以对学生背景的了解和研究有助于对教学目标的定位和设计。相反，如果我们对学生的学习基础、知识准备、情感态度、兴趣倾向不甚了了，那怎么会调动起学生的积极性，有好的教学效果呢？

3．说目标。教学目标实际上是教学设计的核心，也是指导和统领课堂教学的统帅。很多教师不太重视此环节，认为重点是教学步骤，所以匆匆完成。教学目标制定的成熟与否与教师的掌握理解程度，直接决定课堂教学的效果。课堂教学中有很多教师胸有成竹，能始终把握局面，不但秩序平稳，而且教学效果理想，就是因为教学目标明确；有的教师却没有重点，偏离主干，学生也跟着老师云里雾里地兜圈子，一头雾水，这些都和教学目标不明确有关。实际上，教学目标的确定，包括三个重要因素，就是课标、学生和教材。课标和教学已经谈过，对学生的研究，主要是能将目标分出层次，分出层次的关键是依据学情，确定教学的上限目标和下限目标的依据也是学情。有些教师在目标的表述与设置的层次上存在疑惑，认为很烦琐，这里提示一下就是三维目标要分别表述，在表述时可用相关的分层语言来表达，比如，在理解的基础上熟读，有能力的同学可以尝试背诵，这里就分出了上限目标和下限目标；同时，可以用“了解、理解、掌握、运用”等词语分出对教学目标的层次，这里需要教师认真考虑，同时，还要考虑总目标和各环节分目标的关系：总目标是教学过程中每个分目标的总摄，也是结论。

4．说重难点。这部分的确定和教学目标相关，也和课标有关，有些内容虽然难于理解，但是就学生的年龄来讲，课标的要求并不高，所以课标的要求非常重要，如果过分拔高或是随意拓展，忽视了学生的学情，那就难以确定重点，同时教学过程中也很难完成。

内容不同，重难点的确定也不同，有的是知识难以理解，有的是能力培养需要脚手架，有的是情感、态度、价值观潜移默化需要时间和过程。同时，有的难点需要记忆，有的需要深刻思维，有的需要动手应用。要充分预设模拟场景，进行预设，找到教学中的重点和难点。

5. 说方法。这里的方法，既是整个教学过程的方法，也是学生的学习方法。我们提倡教法学法化，主要是要尊重学生的学习规律、学科的认知规律、教师的教学规律，包括讲授法、演示法、谈论法、讲练结合法。同时，预习加展示的教学方法很重要，是培养学生自主学习能力的重要方式。其中，教学方法主要是明确目标、自主学习、小组交流、班内讨论、全班汇报。针对疑难点，教师除了做好必要的讲解和铺垫外，还要善于发现学生学习进程中的问题，以此为契机，形成新的教学资源，借助学生的智慧或是和老师合作共同解决。

6. 说流程。因为学科不同，同一学科的课型也不同，对教学流程的要求不强求统一，但是，可以将教学流程分为：教学环节、教师活动、学生活动、设计意图四个部分。教学环节部分，要将课堂教学分为几个大环节，每个环节的主要内容要用简单的语言概括出来，同时要约估出完成每个环节的时间。课堂教学的大忌是多而杂，要尽量实行板块式教学，每个环节的教学分目标要紧紧围绕课时教学目标来完成。配合每个教学环节，教师的活动是什么，布置的任务是什么，要达到什么程度，每次课前教师要明确教学目标；在教学课程行进的过程中，每个环节的教师的活动及设置的问题是什么，教师的操作要领是什么，都要精心设计好，同时，语言表述要简练清楚；在教师的指导之下，学生都有哪些活动，要完成哪些内容，怎样完成，达到什么程度。

说课的关键所在，是要说明每个环节设计的意图是什么，是不是最合理的，是否尊重了学生认知规律和学科的学习规律，是否紧紧扣住了教学目标，此处是说课的难点。

7. 说作业。很多时候，作业的布置往往被忽略，或者是盲目地留，或是盲目地做练习册，也没有检查，或者是加重了学生的负担，或者是没有效果。所以，在教案中要认真进行作业设计，要让学生感兴趣，要让作业起到夯实基础、发展思维的作用。

在完成上述说课的过程中，还有几个重点需要注意。

1．要有教师独特的自我体验和感受生发出来，这是课堂上教师和学生进行思维碰撞、情感交融的关键所在，这一点在备课、说课环节就应该不断地丰富完善，这样课堂教学不但会达到预设目标，还会有精彩的生成。

2．要重点阐述设计意图。这是对整个教学设计的理论考证和思维辨析，能使整个教学设计更有思维含量，要结合学习规律、认知规律、教学规律、文本特点，进行认真辩证，这个辩证的过程，就是完善教学设计的过程。

3．要注重说课之后的研讨。说课之后，肯会对说课内容加深理解，利于课堂教学，但是，还要充分吸收组内同行的意见，只有经过充分的讨论，借鉴别人合理的意见，才能使教学设计臻于完善，说课的目的之一也就是让听者提供宝贵的参考意见。

精彩的说课

笔者听过三位教师的精彩说课，两位英语教师和一位数学教师，他们的教学设计也都很富有实效性，现总结如下。

一、英语学科特色鲜明

和前几位老师一样，英语学科的说课仍然有非常鲜明的特色。

1. 教学设计非常流畅。两位老师的说课都非常流畅，整个说课环节非常完整，能看出他们是在展示对教学过程全盘把握的基础上的一种深刻理解，因为不是在背稿件，而是在思路清晰地说课，是在把自己的思路展示出来，这是说课成功的前提。正因如此，即使是英语学科，很多老师也能听懂，而且由衷地感到一种流畅，并且英语学科的老师的表达能力比其他老师还要强，有很独特的语言魅力。

2. 小组教学的适当运用。这一点在任老师的课上体现得非常明显，基于小组合作团队学习的“五化”课堂改革，已进行两年多了，任老师和其他任课教师及学生一直在认真实践，效果很好，并且随着年段的不同及学情的变化，也在及时做着相应的深化调整。罗老师因为刚参加工作，对小组合作比较陌生，但也在大胆尝试，我的建议是，不必等到杜郎口学习之后才要实施小组合作，我们身边就有任老师这样富有实效性的关于小组合作的有效经验和典型案例。教学中对身边典型的及时学习是最重要的，缺乏了沟通，忽视了校本的积累和传承，再好的学习也无益于实践。同时，目前有些老师所进行的小组实践，只是座位和形式上的，没有真正地从学习和管理的角度进行分工，这种小组形式是不彻底的，对学生常规学习习惯和身体健康都很不利，因为学生大多时候还要扭侧着身子听老师做灌输式的讲授。

3．情景教学的恰当运用。两位老师都谈到了情景教学，这是英语教学非常有效的教学法。语言学习需要情景，这样能一边学习一边应用，从而大幅增强学习效果。在教学实践中，需要教师结合实践认真设计，任老师的课上，设置了校园介绍、南湖指路、购物向导等情景，不但实用，而且能增强学生的社会适应和交往能力，同时这样的设计也会使课堂变得生动活泼而且富有生机。

4．分层作业的布置很有实效性。任老师在布置作业时，既认真考虑了九年级学生的学情，还结合了英语学科的特色，同时针对中考的应考意识也非常强。给我感触很深的是任老师在布置对话时，要求学生至少要写出五轮对话，还布置学生进行仿写训练，效果很好，针对性很强，可以看出任老师也是经过一番认真考虑和设计的。这样的作业，既能巩固基础知识，锻炼能力，还能在盎然的兴趣中将学生的思维引向深入。

二、思维缜密的数学说课

朱老师的数学说课，思路清晰，思维缜密，看得出她做了细致的准备。朱老师是数学学科的正规研究生，专业素质极高，说课自然很精彩。

1．承上启下的设计很好。前面刚讲过多项式乘以多项式，而本节课两数之乘积和两数之差的情况，就是多项式乘以多项式的一个特例，在实践中应用非常广泛，朱老师此处无论是分析教材还是导入设计，都注重了承上启下，看得出其对课标、教材、教学内容的深入研究也会使学生的学习更加富有连贯性。

2. 关于所讲内容的几何背景。朱老师将此处当成了难点，很有道理，因为新知引入主要是围绕长方形面积的计算，用几个小正方形的面积关系来导入，主要是几个a和b的关系，此处确实是教学的难点，因为涉及了数形结合的思想，学生比较陌生。可贵的是朱老师没有回避这个难点，而是通过各种方式去突破和解决。代数问题的几何背景，不仅提法非常专业，而且处理得也非常恰当，对学生形成数学思想、厚淀数学素养，很有现实意义。

3. 小组展示中的思维训练。在教学中，朱老师在第二个环节设计了基于小组合作的自我探讨，比较富有实效性，但是她一直在初三任教，且刚休完产假，对小组合作学习的运用还没有达到非常理想的效果。在训练中，朱老师的训练设计非常精彩，由浅入深、由易到难、层层深入、梯度设计，有例题、习题，还有自己根据学生实际编写的习题，展示的方式也多种多样。这样的处理非常富有实效性，但是我感到，关于学案的使用，要进一步设计。以前，朱老师关于学案的使用很有特色，设计也成系列，但是如何立足学生自主学习，立足小组合作团队学习机制，将导学案进一步完善，比如，导学案上，可以有旧知复习、新知讲授、巩固训练、当堂小测、拓展延伸、单元综合、真题链接，这样，教师可以依托学案进行系统设计，效果会更好，更关键的是会更有利于学生多种能力的培养。

到现在，前期的42位一线教师的集中说课已经告一段落，剩下的教师我们将用教研组活动时间去完成，安排在第二周既能提高效率，也能节省时间。

说课，主要是为了充分地备课，提高教师的业务素质，其宗旨还是为了保证课堂效率。如果教师说课是一套，上课还是老样子，那说课就变成了一种秀，没有实际意义，为了将说到变成做好，需要注意以下几点。

1. 重视目标和生成。说课主要分为目标体系和实施体系两大部分，实施部分也要紧紧围绕目标体系进行，所以教师不但要认真研究设计好教学目标，在教学行进的过程中，还要积极围绕目标进行，实施中注意目标的导向、调控、激励、评价的作用；同时，针对生成，教师也要围绕目标做好处理。教师要意识到，教学过程中必然有生成，这是理想的说课转向现实的课堂的成功所在，在教学实施过程中教师务必处理好。

2．注重细节和组织。经过说课预演的教学设计，在大的方向上，不会有大的闪失，但是，其最终效果，可能取决于教学实施当中的一些细节和教师的有效组织。这也是决定课堂成败的重要原因，在教学过程中，老师要认真组织，严密实施，讲求科学性，这和老师的丰富的实践经验有关，老师不但要有心的认真积累，还要认真研究，尤其是要熟练运用小组合作团队学习的设计。

3．注重自主和交流。自主和合作，是新课程中重点提及的学习方式，教师不仅要在教学设计中予以充分体现，而且在课堂教学流程中，还要予以有效落实，要充分考虑到学生的认知规律和学科的学习规律，要给学生足够的自主学习时间。要在此基础上，通过交流中的展示来完善自学结果，丰富学生的思维和情感，升华出个性和特质的东西，而这些都是在说课中无法完全预知的，这和前面的生成有密切的关联性。

4．注重对话和点拨。对话和点拨是在以学生为主体的情况下的教师主导作用的体现。教育的本质是精神的流转，教师和学生之间的对话，是师生共同成长的基础，是不同学科实现教学目标的有效手段，教育的本质所在就是一种对话和交流；教师的点拨，是师生对话的关键环节，也是教师的真正素质所在。教师的认识越深刻，点拨就越到位，这里面含着深刻的教法因素。

在教学实施中，围绕目标注重生成、细节和课堂组织，注重自主、交流和对话点拨，会将理想的说课转化为富有实效性的现实课堂，是值得我们研究和实践的。

政史组会的精彩说课

笔者曾听过一些教师的说课。有些说课，虽然准备得很充分，现场说课也很精彩，但是实际上课的效果却令人担忧；但是笔者这次听得政史组会老师的说课，不但非常规范，而且很有特色，尤其是老师充分地考虑到了学情，充分想到了生成，所以实效性非常强，实际的课堂教学中肯定会取得好的效果。

一、历史课：注重发展学生的思维

杜老师历史学科的说课题内容是《蒸汽时代和工业革命》，杜老师学养深厚，经验丰富，在厚淀学生的学科素养之余，教者更注重发展学生的探究性思维，成为课堂的鲜明特色。整节课很多地方都体现了由表及里、去伪存真、去粗取精、由现象到本质的思维规律和启迪，有以下几个方面亮点。

1. 史论结合。由历史现象得出相应的结论，而不是简单地记背一些老师现成的归纳，成为本节课的鲜明特色。古代讲，适辩一理为论，博明万事为子，其基础都是以史为论，这是学习历史的一种基本方式，也是历史学科的特色所在。老师设计的几个习题，都将学生的视野引向深入，起到了发展思维、以史明鉴的作用。

2. 现象探究。史料中有很多现象，在以史为论的总关照下，杜老师开展了特色活动，围绕各种现象，展开种种探究，结论是否精确倒不是最重要的，更主要的是能够让学生掌握一些观点，并且养成思维的习惯。从始至终，各种活动设计得丰富多彩，且没有一处设计是空白的，都是富有思维含量的，从中也能看出杜老师的深厚功力。

3. 材料归纳。不论是现象还是史实，最终都要落实到材料上，这也是历史学科理性分析和思维发展的逻辑起点。在历史学科的考试中，有一道给材料作文题，就是材料归纳题，要想答好，除了长期的历史学科的积淀外，还必须讲究一些方法，比如：要从材料中归纳出一些关键词，然后以关键词为背景，进行半命题作文似的补充，将其扩展为一句话，而这句话就是小材料作文的中心，然后围绕着这个中心展开作文。这一点也给予了指导。

4. 论文写作。论文写作与上文提到的材料归纳密切相关，经过阅读之后，材料的中心已经产生，但是，论文的写作最关键的不是论点，也不是论据，而是对论据的分析，这才能真正看出学生的思维能力和水平。此处因为各类考试给分很高，所以容易为老师和学生所忽略，它是整个历史学习的最关键所在，也就能体现出对历史现象的挖掘。

有几点建议：

1. 杜老师对学情的分析非常细致，所教的四个班确实存在差异，但是在教学流程中，杜老师并没有特别有针对性地提到依据学情的不同而有哪些设计上的变化，而这恰是决定理想的说课和现实的上课之间的关键所在。

2. 要教给学生分析的方法。理性分析很重要，但是决定其方向与深度的，相关的方法与观点非常重要。不同的历史现象，虽然客观存在，但是角度不同，会得出不同的结论，认识也当然会有偏差。所以，杜老师应从历史唯物主义和辩证唯物主义的角度出发，客观公正地分析材料，要避免唯心主义、虚无主义、国粹主义和历史虚无主义，这些不用教给学生，但是其方法的渗透和理念的导引，教师要通过适当的方法导引给学生。

二、思想品德课：注重培养学生的价值观和能力

两位思品老师的说课也非常精彩，王老师的说课内容是《人口、资源和环境》，崔老师的说课内容是《权利和义务的关系》，都非常实用，都采用了问题加对策的方式，让学生在学到知识的同时有了解决问题的意识和能力。

记得刚刚去世的新加坡政治家李光耀，其施政理念和经典措施就是施行问题加对策，里面没有什么深奥的系统理论和主义及思想做背景和支撑，也没有考虑什么深深浅浅的意义、天高地远的影响，但是这种模式却非常有效，取得了奇迹般的效果。李光耀之所以能执政四十年常青，在国际上享有崇高的威望，和这个有很密切的关系。今天，尤其在王老师的课上，这条思路非常明确，不但使课堂脉络清晰，而且还是学生思考和解决问题的策略，其重要性不言而喻。

除了上述的显著特色外，在两位老师的说课里，还有以下亮点。

1．创设情境。大到国情，小到生活细节，老师都通过多种手段，创设生动的情境，让学生能够在生动的富有兴趣的情境里，带着求知的渴望，展开学习。这是非常符合学生的年龄特点和心理需求的，在情境的乐趣中，再引导学生的兴趣，加上老师的方法得当，自然水到渠成、事半功倍。

2．联系时政。思品课离不开时政，两位老师都通过生动翔实的材料，通过视频演讲介绍搜集等多种手段，展示时政，带有非常强的时代感和新鲜感，里面可挖掘的话题也能拨动学生的神经，忧国忧民、关怀天下、心系苍生、事事关心、声声入耳，都能为学生的成长提供最鲜活的资料，都能为时养器，培养栋梁之材。

3．建构观念。政治课已经改名为思品课，原来是灌输观念，现在更注重从民主科学的角度构建学生的价值观，注重对学生进行情感教育、理想信念价值观教育和政治方向教育，对学生的发展起着导向的教育，也是贯彻党的教育

方针的最为直接的一个学科。老师水平的体现，也区别在是直接灌输还是通过事例建构学生的价值观，两位老师都春风化雨地做到了后者。

4．学以致用。这里的学以致用体现在三个方面：一是在课堂上老师设置的情境和问题中，学生予以解决；二是带着课堂上学来的方法，结合现实问题，按照一定的价值观来解决生活中的实际问题；三是都布置了社会性的活动化作业，崔老师的前置社会调查作业非常好，政史学科不要求留作业，是指不要留书面作业，但是，和学生的生活融为一体的观察、实践和思考的作业，往往是不可缺少的。两位老师这个方面都做得非常好，探究其原因，是因为老师对学生的价值建构和能力培养都非常重视，并且有切实可行的措施和途径，所谓学以致用是也。

对政史组，我还给出了四点建议。

一是要利用自身的优势打造学科特色，教师们的整体素质都非常高，并且各个年段的教学成绩都非常高，位居全区最前列，具备这么好的优势，更要找准契机和突破口，从打造学科特色项目入手，逐渐形成学科特色，具有品牌效应的学科特色对学校的发展具有深远的影响。

二是要提高课堂效率。要真正地落实“五化”课堂，在教学实践中，要尽心设计教学方法，设计学生活动，能在课堂时间高效地解决和完成学科教学的任务，同时还能发展学生的能力。

三是要注重学科综合。文史哲是一体的，历史学科提供材料，思品学科指导观点，语文学科渗入感受，教师们的专业素养都很高，所以要结合教学实际，开发一门融社会科学和人文科学为一体的校本课程，也可以遵照问题加策略的模式，来构建以问题为主导的融文史哲为一体的融合式的校本课程模式。同时，如能加入自己的个性与人文色彩，那将会使课堂更富有灵性和个性，将使这门课程更加吸引学生，从而达到更加高效的育人效果。

学科组是学校非常宝贵而能动的资源，是学校特色和品牌形成的基础，祝愿政史学科早成品牌！

记几位语文老师的精彩说课

笔者听过四位语文老师的说课，都非常精彩，发言时，原本想坐着讲的我，抑制不住喜悦，还是很郑重地站到了录播室的讲台前面发言，以此表达对四位优秀语文教师精彩说课的敬意。

几位教师的说课，总的来说，都突出了语文学科的特色，都有精心的设计和深厚的底蕴及非常丰富的教学经验。更主要的是，几位教师都抓住了学科的实质，也就是语言、生活、情感、思维。语文学科是反映人的生活的，是通过语言文字来反应的，要体现出情感，并发展人的思维，大道至简、返璞归真，语文的本质就是这样，现实急功近利的社会背景下，能够做到这一点是很不容易的。

一、庞老师：语言—形象—意象—情感

庞老师说课的内容是《木兰诗》，目标明确，方法得当。从始至终，庞老师通过各种形式的反复诵读来达成教学目标。在从语言到形象的过程中，庞老师在介绍题目、疏通文意、读文识字的同时，还要求学生辅以所掌握的材料来理解，这样就把对诗的理解由语言层面上升到形象层面；由形象到意象，庞老

师也是通过朗读的方式，来体会全诗的内容和木兰的人物性格，比如，全诗共分为六个小段落，那么每段都要带着怎样的感情去朗读呢？在特色朗读和深入思考之间，学生就会进一步掌握文章的感情基调和主旨所在。在最后，庞老师通过设计思考题，让学生纵观全篇去分析人物性格，学生会对木兰所表现出来的人伦亲情和祖国大爱有更加深入的认识，并且能够感受到木兰保家卫国、孝敬父母的可贵品质，对中华民族的民族精神的形成，都起到了积极的作用。

二、张老师：诵读—鉴赏—质疑—感悟

张老师的说课题目是《江城子·密州出猎》，语文色彩与能力培养更加浓郁。在讲新课之前，张老师组织了课前演讲，这种演讲长期坚持、系统设计、学生组织、自主评价，学生的积极性很高，效果也好，已经向校本课程建设的方向发展。因为课改已经实行了一年多，学生已经养成了预习的良好习惯，基于这一点，张老师没有按照常规进行，在演讲之后，马上就考查了学生的诵读情况，再次发现问题、进行巩固、以利下一个环节；在基础处理之后，张老师让学生结合问题进行探究，有针对性地对诗文进行鉴赏探究；针对学生存在的问题，和在学习中发现的普遍性现象，张老师接着结合内容理解与学生进行了对话，对诗歌进行了进一步的感悟。纵观整个教学设计，体现了古诗词教学的“阅读感知、鉴赏探究、质疑交流、迁移拓展”的学习规律和认知规律，这种教学更有深度，更能有效地对学生进行素养厚淀、情感熏陶和思维训练。

三、王老师：对话—点拨—合作—探究

王老师说课的题目是《捕蛇者说》，这是一篇经典课文，虽然没被列为中考篇目，但是其社会价值不容忽视。因为是初三学生，已经有了一定的文学功

底，并且七年级时早就学了柳宗元的《小石潭记》，王老师对学情非常了解，所以开始便是以复习唐宋八大家、柳宗元、《小石潭记》导入的，这一点处理对九年级及中考来说再恰当不过了。在教学过程中，基础过后，在老师所给问题及学生自主学习的基础上，学生与老师进行了充分的对话，在对话的互动中，对文章的中心、内容、写法都总结凸显了出来，尤其是对文章思想意义的把握，给学生以很大的震撼。昨天提到历史学科有以史为论，古文中“说”这种文体，就有浓厚的议论的色彩和性质，只不过是这种文体有三个要素：一是文艺性，二是要针对严重的社会问题，三是必须要用议论文体。相比之下，作为文艺性社会论文的说，比严肃的正史更有感人的力量。王老师的“对话—点拨—合作—探究”的教学方法，既培养了学生的语文能力，更深邃了学生的思想认识。

四、王老师：方法—细节—问题—深度

王老师讲的是一篇外国小说《品质》，设计得也非常精彩。

1. 关于方法。王老师此处有三点值得一提：一是小说阅读的方法，这里面涵盖了小说的三个要素，结合这种文体的特色，王老师的教学方法体现的是“览情节—析人物—看环境—挖主题”，也非常符合学生的认知水平和学科文体的学习规律；第二个方法是王老师运用了查阅资料法来理解课文，学生因为对外国作品语言风格的不习惯，加之本文的段落转换频繁，所以有必要让学生结合某些材料对课文进行理解；三是王老师在教学中设计了问题讨论法，结合自主、合作、探究的方式，让学生围绕着问题去讨论和加深对文章的理解，这三种方法王老师运用得都非常恰当。

2. 关于细节。福楼拜曾经说过，上帝在细节里。本文就是这样，三次补靴子，三次命运的变化，虽然文章比较长，段落转化频繁，但是在阅读之后，

王老师能剔除次要信息，直接抓住小说最关键的几个步骤，效果很好，围绕三个细节的讨论，王老师带领学生层层深入地探究了文章的主旨。关注核心细节，是一种教学策略，既能化繁为简，又能突出主旨，王老师这一点做得非常好。

3．问题导引。长篇幅的文章，怎样深入探究呢？设置问题是一个很好的办法。学生围绕问题读文，疑解则文通，同时问题的探究还能和自主合作探究的学习方式紧密结合。对问题的思考是自主范畴；小组之间进行交流，能达成共识的则在下一环节略过；疑而不决的问题，留待下一步解决，期间教师的作用非常关键，要重点对学生进行启发引导，点拨也是教师的功夫；还有一个亮点，就是教师的问题设计很有特色，不但暗合文章的阅读规律，同时突出了文本的独有特色，这是很难得的。

4．很有深度。文本的题目是《品质》，王老师围绕细节，在探究的过程中，对学生进行了深入的教育，效果也非常好。尤其是文章中谈到了主人公的对手也对其产生了敬意，可见人性的光芒有多么大的魅力。这种源自文本的非常恰切的打动人心灵的设计，对学生的影响是非常深远的，这种震撼将带着思维的深度，真正地实现文道统一、文以载道。

下一阶段，我们马上要进行常态课的听课与研讨，利用教研组会的时间，我也向老师建议：在讲课时，不要紧张，也不要刻意地去设计，而是要调动自己的积累，调整好自己的状态，在充分预设的前提下，针对学生的实际情况，一定要有精彩的生成，并且体现出浓郁的语文学科特色。这样的课，没人敢说不是好课；这样的课，也是我们努力的方向。

提升自身素质充分进行备课

——关于说课总结

本学期，作为全员性岗位练功与业务规范的一个重要举措，我校组织了时长近两月的说课活动。年龄在50周岁以下的教师都参加了活动，共69位，每天利用第一节课的时间，由学校教学领导随机抽选出三位老师，进行十分钟的说课，之后由本学科的老师和教学领导进行点评。

本次活动的缘起，是在教学管理活动中，我们发现一些教师备课不够细致，对“五化”课堂的研究不够深入，在教学过程中教法非常老套，对学生的关注不够，尤其是对实施自主、合作、探究的方式还存在重视不够、应用不熟、效果不好的现象，这些问题已经严重影响了课堂改革及教育教学的质量。说课的方式，作为一种富有实效性的业务形式，被一线教师大量使用，不仅在备课时是主备人展示自己教学设计的主要手段，还是每个教师进行自我初备时预设模拟场景的重要方式。同时，教师说课还是提高自己专业素质、丰富自己教学经验的有效手段。基于这一点，我们决定以备课为突破口和契机，抓住主备人说课这个关键环节，决定采取全员式的说课方式来进行岗位练功和业务训练。

这次活动历时近两个月，教导处组织严密，电教及综合组教师密切配合，各学科教师充分重视，达到了督促检查教师备课的效果，重点还对以学生为主的教学方法及“五化”课堂的构建有了进一步的深刻认识及有效应用，同时还锻炼了教师队伍，浓郁了教研氛围，创新了教研模式，进一步推动了学校的教学工作和学校的整体改革。具体来说，我们认为有以下几点收获。

1. 和常规教学相融合，创新了教研工作方式。本次教研活动，可以说是一种行动研究方式，说课的教师提前一天由教学领导采取随机的方式确定，并结合学科进度通知教师准备，没课的同组教师要到现场观摩学习。

综观历时近两个月的说课活动，我们感到这是一次行动研究，整个活动经历了四个阶段。

一是初始摸索阶段。开始的三天时间，我们感觉老师虽然准备得很认真，但是说课不得章法，没有突出重点。我们采取了两项措施：第一项措施是集合教学领导和骨干教师，对说课的程序、教案的模式、整个流程进行了认真梳理，最后由王丽辉主任执笔，总结出了关于说课的基本内容，包括说教材、说学情、说目标、说重难点、说方法、说流程、说作业。第二项措施就是在全校的教学工作会议上，由梁雪、张芸两位老师做了精彩的说课展示；同时我还在会议上从加强常规备课及精细化管理的角度进行了阐释。

二是成形与呈现精彩阶段。教师们的素质非常高，确立了规范和明确之后，说课环节很快出现了精彩的场景，比如，刘志强主任、李百之老师和周芳老师，其说课恰切自然，而且非常鲜明地突出了本学科的特色，老师们观摩的不仅限于本学科，还扩大到很多其他学科，并且时有精彩的呈现，这也在很大程度上激发了教师们认真备课、研究业务的积极性。

三是录播室说课阶段。我校新配建了录播室，效果很好，投入使用之后，我们将说课的场所转到了录播室，良好的环境促进教师更加认真地准备。同时，留下了很多音像材料，为进一步回放与研究打下了很好的基础。

四是教研组集中说课阶段。经过了一阶段的抽课之后，教师们不但对说课给予了高度重视，也熟悉了相关流程，但是这样的说课占时较多，有时同组的老师有课不能充分共享，所以，在说课进行到一半之际，我们转换了方式，将时间安排在各个教研组会时，这样可以集中进行，充分地实现组内共享。这样转换的另一个用意，就在于将说课和常规教学相融合，由专项活动变成常态教研，实际上这也是成果的一种推广和运用。

所以，整个教研过程，我们采取了“针对问题—解决措施—示范引领—成果巩固—研究推广—融于常规”的方式，取得了理想的效果。

2．和备课相融合，注重对学生及其活动的设计。在说课之前，我们特殊设置了一个环节，就是要求教师能够背诵我校的三三三备课模式和“五化”课堂教学模式，主要是想强化教师将说课和自己的常规备课融为一体的意识，另一个是要教师认真思考，在备课是如何设计学生活动的。三三三备课模式中一个重要的内容是三个要素，即备课时要围绕“学习目标、学习内容、学习方法”进行，这是有效备课与说课的关键，一定要把备课的重点由教材的知识和教师的讲授转向学生的学习和特色学习活动的设计。备知识和备学生是完全不同的，开始时教师们还把目光放在教师的讲授和教材知识点的挖掘上，但是后来在教学设计中，教师们逐渐转换了方式，虽然到现在为止，还有不少教师对备学生的学习目标、学习内容、学习方法没有给予充分的重视，但是最起码我们通过学科触动了教师的教学理念和教学方式，以学生为本、提倡自主合作探究的方式正在进行中，这也是我们这次说课的实践价值之一。

3．面向“五化”课堂，深化和完善课堂教学模式。说课是为了更好地备课，从而进一步促进课堂教学。说到底，说课是为了上课，这才是说课的真正价值和意义所在。为了充分将说课和我校的“五化”课堂构建（教法学法化、能力特色化、习惯自主化、管理生态化、德育学科化）结合起来，我们在说课之前还设计了一个环节，就是要求教师背诵并阐释“五化”课堂的内容，同时领导在评课的时候，用“五化”课堂的标准去衡量，这对教师也是一个导向。同时，说课之后，紧接着利用教研组会的时间，融合常态推行了“深化‘五化’课堂，构建教学改革”的研讨课活动。在这次的评课时，还有一个环节就是做课教师的说课，通过这项措施，进一步引导教师深化了“五化”课堂教学改革。

在说课的过程中，我们配合听课和研讨，在教学中，基于“五化”课堂的构建，我们集中提到了以下几点。

一是要将备课预案予以高效实施。说课是结合学生实际情况对课堂进行的场景模拟和预设，其最重要的一点就是备课教案的有效实施，一是需要教师的热情，用自己的智慧和关爱去点燃课堂；二是教师要特别注意细节。一般来说，教学预案经过教师的精心准备，一般不会出现大的问题，可是一些细节的处理会决定整个课堂教学的成败，教师务必认真对待。

二是注重课堂生成的有效处理。课堂被激活之后，学生的思维会异常活跃，教师务必恰当引导。对课堂的生成手足无措，很遗憾；把学生的思路强行拉回教师预设的思路上，更糟糕；最好的，就是教师要因势利导，顺势推进教学，而这除了需要教师的智慧外，还需要教师进行非常充分的备课，要最主要的是备好教学思路，只有这样才能灵活变化。

三是课堂上必须实现师生、生生、师生和多媒体的互动。没有互动的课堂，仅靠教师来讲，效果肯定不理想，这就要求在备课时，在说课中，要充分想到对学生的关注、对学生活动的设计，并将其体现出来。教师的互动主要体现在与学生的对话上，而对话的关键，是在学生自学的基础上，对学生的已知进行提升、点拨、鼓励、导引。

四是信息技术的恰当引入。说课时，很多教师都是结合课件来进行，非常精彩，尽管信息技术不能覆盖各学科的本质，只是为个性化学习提供支撑，但是在物联网、大数据、云计算时代，信息技术对课堂教学来说已经必不可少了，我们强调教师一定要重视起来。并且，在后续的“五化”课堂研讨中，我们充分利用长春市信息技术开放活动，在科大讯飞集团的技术支持下，充分实现了在互联网的状态下，利用iPad和电子白板、一体机等设备，大大提高了课堂的容量和效率。

五是对“五化”课堂的丰富。“五化”课堂是一种教学模式，在说课的准t

备过程中，我们充分进行了结合了“五化”课堂的模式，尤其是在教学领导及学科骨干对说课教师进行点评时，完全是按照“五化”课堂的标准来评价的，整个评课的过程就是“五化”课堂构建的过程。同时，说课也丰富着“五化”课堂的内涵，比如，教师们对管理生态化不理解，我们反复培训，同时，我们也再一次对课堂生成进行了辩证，将其纳入到管理生态化的内涵之中。

总之，备课、说课、上课、评课一体化，进一步丰富和深化了“五化”课堂的内涵。

4．锻炼教师队伍，进一步浓郁教研氛围。本次说课活动，除了对集体备课、课堂教学的直接作用外，对教师队伍建设和促进整个教研活动都有积极的促进作用。对年轻教师来讲，通过说课，他们进一步明确了备课的程序和相关的内容，直接指导、规范和提高了年轻教师的业务水平；对于成熟教师，我们备课与说课中所倡导的备学生，主要体现的是注重把教学目标、教学内容、教学方法转变为学习目标、学习内容、学习方法，这对教师的教学理念及教法研究起到了根本性的指导作用；同时，一些优秀教师的理念、教法、模式通过说课得以细致地呈现，对他们来说是一个凝练、思考和提升的过程，对其他教师也是一个非常好的示范过程。一时间，教师中间掀起了研究教材、研究课标、研究教法、研究学生的热潮，通过听课及教研部门的反馈，我们的课堂效率进一步提高了。通过本次活动，也进一步浓郁了教研组内的氛围。实际上，这种对业务的关注，对教师的成长是最有力的助推。

但是，在说课的过程中，我们也发现了一些问题，最主要的是教师的说课和实际的课堂教学脱离，有些教师从网上下载说课方案，没有按照实际的学情进行设计；同时，在课堂教学中，没有按照预设的情况进行，说得很好，上课还是按照老一套进行，因为说课的局限性，这些都在所难免，这里主要依靠各位教师的自觉性，说课及其自身并没有不可客服的缺陷。我们将继续努力，将备课、说课、上课、评课成为一种常态和生活。

老师的素养与能力

连续听了两节语文课，一节是八年级七班王老师执教的苏轼的《水调歌头——中秋》，另一节是七年级四班周老师执教的郑燮的《胸中之竹》，虽是常规课，但两位老师都上得非常扎实、精彩。两位老师都师出名校，参加工作后能钻研不懈，尤其是能紧跟教改步伐，最可贵的是能见识到两位老师的深厚功力和渊博学识，很是让人佩服。由此我想到，教师要具有渊博的学识和较强的学科能力，这是上好一节课的前提和基础。

1．教师的知识素养。这方面可谓多多益善，知识面越广泛，视野越宽阔，越能答疑解难，越能培养学生的发散性思维。这需要教师广泛师承、博采众长，这样在教学中才能居高临下、左右逢源，即使随口唾出，也能恰到好处。尤其对于语文来讲，更需要老师是杂家，杂取百家成行家。在讲《胸中之竹》时，老师能让学生讲关于作者的小故事，因为老师深知，这样不仅能点评升华，还能借助这个小故事引出其他的典故，这足见老师深厚的学养；在讲《水调歌头》时，老师能信手拈来，对作者了如指掌、如数家珍，也足见不凡功力。

2．老师卓越的学科能力。两节课中，老师都表现了深厚的学科能力：《水调歌头》的教学中，老师采用多种形式进行朗读，并且恰当地指导高低、重音、长短、快慢等方面，结合文章中心和内容，也恰到好处。课前，学生能配乐朗读《再别康桥》，声情并茂，由此也能看出老师的有效指导与习惯养成。朗读是第一教学法，有感情地朗读有时比写作还要难，因为其是一个非常灵动的过程，如何承上启下、以点带面、把握主次、善于长停，如何使用暖声做到声随气转、气随情动，老师都有很深的研究，因为这位老师平时主持过很多大型的活动，于此方面颇有研究，所以在指导时能驾轻就熟。

在《胸中之竹》的教学中，老师展示出了非常深厚的文学功底和理性分析能力，文章最后一句话是难点，尤其是涉及对定则和灵感的理解，老师结合学习、生活及文学艺术创作的例子，让学生真正地领悟了生活和艺术的关系：艺术来源于生活，又回归于生活，且高于生活。更可贵的是，老师时时能结合文本，在翻译文章的过程中将最难点部分解决——这位老师是师大研究生，任教多年且当班主任，去年又参加了中考出题，书法尤其出色，加上这样富有特色的处理和雄厚的知识背景，整个课堂非常富有实效。

同时，这两位老师具有非常强的表达和写作能力，这也是语文老师最重要的基本功，所以无论驾驭什么样的文章教学，都能恰到好处，并能给学生以耳濡目染的熏陶。在听两位老师讲课的时候，我忽然涌起了一股感觉：巴陵上兜来爽气，撷就西山云雪！不知这个意向从何而来，但是在盛夏之际，能听到这样不错的语文课，引起了这个通感吧。

3. 老师丰富的教学经验。理论家们往往很反对经验主义者，认为他们是低水平的重复，缺乏了理论基础、智力支持和科学的测量工具。这点我不否认，但是在现实世界中，“经验+问题”的模式往往非常有效，新加坡资政李光耀，就是凭借“经验+问题”的模式，创造了亚洲奇迹。在教学实践中，教学经验非常重要，有些人文学科甚至要靠默契和反思。两位老师无疑具有非常丰富的教学经验。执教《胸中之竹》时，老师能根据学生的情况，个性化地、分层次地翻译课文，简单的句子由每组的三号同学翻译；较复杂的句子，则由二号同学翻译；关键的难点句子，由一号同学补充，老师还要反复强调，这都体现了对学情的尊重，是一种相机判断和及时扬弃——此时，来不及怎么考量与测算，全凭老师的深厚积累与教学智慧。教学经验的积累，主要是立足课堂的及时反思，有课前反思、课中反思、课后反思，包括反思预设、反思生成、反思老师教学行为、反思学生学习行为。这两位老师做得都非常到位。

4．教师的导学能力。相对于前三项，导学能力是适应新课改的需要，是新时期老师的必备能力，否则无法推进课改，这里面包括：指导小组合作团队学习的能力、指导学生结构化预习的能力、指导学生展示交流的能力、指导学生检查反馈的能力，要求老师在夯实基础、具备学科能力的同时，必须具备这四种能力。

周老师和王老师都是我校的课改先锋，在建立小组、指导预习、展示交流、反馈考察方面都具有非常丰富的经验，其有效实践都取得了显著成果。比如，讲《水调歌头》时，老师能组织同学朗读且点评赋分，中间能分小组进行朗读，其间穿插问题进行分析；分析《胸中之竹》时，学生分组进行翻译，且各有分工、难度不同，注重差异，非常不错。

今天自己在上课时，借鉴了两位老师的一些教法和思想，很有效果。同时我感到，虽然学生是九年级快要毕业了，但是仍要加强其自主学习意识，老师的导学能力仍然不能减弱，要继续加强研究。

师德修养和学生德育的关系

今天和教育局前来检查的领导就学校的师德工作进行了深入细致的交流，很受启发，进一步深化了教师师德修养和学校德育之间关系的认识。师德建设，根本目的有两个：一是对教师自身专业成长所起的作用；另一个是对学生成长的影响。这两个目的实际是相辅相成、互相渗透、互为因果的。教师的个人魅力、师德修养对学生的成长起着举足轻重的作用，良好的师德修养是德育工作的基石，师德对学生的德育工作有以下两方面的作用。

良好的师德对学生品德的形成至关重要。实践证明，良好的师德对学生品德的形成至关重要，教师行为有很强的示范性，在教育活动中，教师对学生传授知识、进行教育的过程，是师生之间的品德、思想、感情等复杂而奇妙的相互作用的过程。教师的一举一动、一言一行都会对学生的品德形成起着潜移默化的作用，因此教师应加强个人道德修养，从小事做起，从自身做起，率先垂范。教师还要勤奋学习，积极进取，敢于创新，真正成为学生的引路人，面对不断变化发展的社会现实，面对思维敏捷的学生，如果只是吃老本，很难满足学生的求知欲，所以教师应不断加强学习，追踪学科最新动态，实现知识结构的优化，同时应该加强横向学习，借鉴别人好的教学经验养成每天读书看报积累写作的习惯。

良好的师德修养直接关系到学生性格的形成。在日常的教育教学中，教师对待学生的态度直接关系到学生成长，而教师对待学生态度的好坏，则取决于教师的师德修养，修养好的教师，强调学生的独立人格，始终把学生的人格尊严放在第一位。而师德修养差的教师很强调自己的尊严，专断霸道，总是要求学生无条件地服从自己，认为学生是教育的对象，这样的教师塑造出来的肯定是被扭曲的灵魂。因此教师应该努力克服消极人格，做到处处是模范、事事是表率，用自己的人格去影响和塑造学生的人格。

师德修养对学生的影响是深刻的，德育应从学生的生活习惯入手，从平时的教育教学中渗透。一位印度诗人写过一首诗叫作《播种》，把一个信念播种下去，收获的将是一个行动；把一个行动播种下去，收获的将是一个习惯；把一个习惯播种下去，收获的将是一个性格；把一个性格播种下去，收获的将是一个命运。作为德育工作者，我们要播种信念、播种行动、播种习惯、播种性格，帮助每一个学生收获成功的人生。

关于师德和德育的关系，我们要注意以下几点。

1. 坚持“以人为本”，体现人文关怀。在教育教学实践中，要自始至终坚持以人为本、以学生为中心，充分理解和尊重他们，改变以教育者为中心的思维方式，使学生处于教育过程中的主体地位；改变“我说你听”的教育方式，使学生由教育过程的被动接受者变为主动参与者，在互动教育中达到自我教育的升华，提高教育效果；改变成人化、“听话”式的不合时宜的传统教育，使与时代发展相适应的新思想、新道德、新观念成为学生思想道德建设的重要内容。要充分体现未成年人在德育工作中的主体地位，培养他们对现实道德问题的分析、判断能力，对规范的选择、创造能力。在此过程中，学校一定要树立人本意识，帮助学生解决学习、生活中的困惑和矛盾，在服务中教育，在关心中引导。通过关心、服务，与他们平等沟通，了解他们的内心活动，与他们交朋友，满足他们的成长需要，使教育真正体现人性关怀。

2. 坚持减轻负担，关注学生的心理健康。中学生的课业负担过重，再加上生活中的其他各种挫折，使得他们的精神压力越来越大。这两方面使学生由心理疾病引发的恶性事件时有发生。心理学和德育都重视健康人格的培养，其内容是交织在一起的。人格是一个人生命价值的真实体现。重视中小学生的心理卫生，积极向他们开展心理健康教育及心理咨询，关心他们人格的健全发展，已经成为教育不可或缺的重要内容。学校德育工作不能就德育抓德育，而要自上而下，不断深化中小学课程设置、教材教法和考试评价制度等的改革，学校要通过宣传、督查、调研、整改等手段，将心理健康教育作为一项中心工作长抓不懈，把学生从过重的课业负担中解脱出来，使他们的身心得以健康发展。

3. 加强“师德为先”的教师专业化发展。教师的专业发展，不能不谈师德，事实上教师的道德成长和专业成长是内在一致的，教师的专业化要求师德为先。虽然我们一直在强调师德建设，现在教师的职业道德建设面临着严峻的挑战，加上社会对学校教育的评价和对教师的期望，凸显的往往是教学能力，原有的师德规范和传统受到一定的冲击。当代教育的变革呼唤教师专业化发展“师德为先”。

有人说，作为未成年人的学生所有的不良行为都可以从成年人身上找到影子，因此，教育者的“身正”效应显得特别重要。新课改要求教师成为学生前进道路上的引路人、学习研究的合作者、发展进程中的服务员和共同成长的好伙伴。它对教师的师德表率和专业水平提出了更高更新的目标和要求。教师要靠自身高尚的人格去塑造学生的人格，凭自己无私的爱心培育学生的爱心，用自己的智慧启迪学生的智慧。有很多年轻教师就是独生子女成长起来的新一代。由于他们接受的教育和成长的环境的影响，其思维方式和价值观中现实和市场化的成分比较多。他们要成长为良师或名师，还有很长的路要走，特别要倡导并强化以生为本和服务意识，对教师工作价值的认同，有效增强教师的责任感、使命感乃至幸福感，全面提升自身的综合素质。

师德教育要在教育实践中进行，让师德建设成为教师实现自身专业成长的内在需要。学校在开展师德教育时，要融合一定的教育教学常规进行，切忌脱离教育空谈职业道德，那样是不会起到真正的作用的。

同时，学校还要组织教师进行工作反思。总之，师德建设的实效性要在教师的职业生涯中，通过不断学习、不断反思、不断总结、不断调整来实现。

立德·树人·学科·德育

立德、树人、学科、德育，是教育领域四个非常重要的概念，甚至涵盖了教育教学的核心问题。自新课程改革以来，基础教育界对课程规划、学科建设、课程管理、课程评价等环节都进行了富有成效的研究，甚至，上海、北京等教育发达的地区，其二期课改自1998年起至今也已经进行了将近20年。期间，逐渐由应试教育向素质教育归正，在课程与教学改革方面，可以说取得了巨大的成就，有很强的民族自信心和自豪感。但是，一直以来，教育领域的最主要问题，还是在德育上。德育在教育中的地位还是没有确立到龙头先导的位置，以分数为本和以育人为本的价值观在现实社会中还在剧烈地碰撞，因为学生学业挫败所引发的道德障碍还远远没有引起人们的重视，在现实中还没有实现由知识本位、能力本位向人格本位转变，由智慧转化为德行的目标也没有完全实现。学生的诚信、宽容、感恩等做人的品质还有待加强。

基于以上认识，学科德育、立德树人之间就存在一些基本关系需要辨清。

一、与教育目的的关系

在十八大以后，教育目的的表述顺应时代要求有了最新的变化，那就是素质教育的提法中丰富进了立德树人的内涵，原来的三好学生的评比标准也变成了“三爱”，即爱学习、爱劳动、爱祖国，就是做最好的自己并对国家有所共享，这里的变化是价值观的变化。原来的三好不耽误学习，重视分数，但是最容易导致缺德，那是无根的教育。三爱紧扣育人的目标，非常充分地丰富了立德树人的时代内涵。

再者，立德树人的目标和学生的核心素养紧密相连。学生的核心能力包括阅读能力、思考能力、表达能力，由此而来，学生的核心素养就是指学生最基础、最关键的素养，主要包括价值引领、思维启迪、人格塑造，这是对教学目的更深层的表述。

同时，教育目的中还提到了办好人民满意的教育。一般来讲，凡是提倡的，都是缺失的，那么，随着教育公平、均衡发展的要求，人民到底在哪些方面还感到不满意呢，我认为除了教育存在严重的地区之间、区域之间的不均衡外，更主要的是学生人格素养的提升让社会感到不满意。家长们感到，在市场经济人才的体制下，学生基本是毕业就失业，就业要走向创业，学生和家长苦苦追求的分数和成绩，到头来并不能改变学生的命运，而关注心理健康、关注人格健全的教育模式，培养出来的孩子，即使成绩差些，但是情商高，会来事，会办事，社会适应能力强，反而获得了巨人的成功。所以，办人民满意的教育，广大家长也重视孩子的成人成才。

二、和制度建设的关系

我们讲教育是需要个性化，需要创造性的，因为教育不仅是一门科学，更是一门艺术，所以教育者和学习者都需要更多的自由空间；但是，教育教学因其科学性，更需要制度的规范，其教学的个性化和创造性是建立在规范基础之上的。基于这一点，我们要建立学校的制度，是对教育教学秩序的规范。一般来讲，学校的制度包括核心制度外围制度，秩序、公平和效益是学校制度建设的三个基本点，核心制度的核心是考核制度，包括教学制度、考试制度、学生评价制度、教师评价制度、督导评估制度等方面，我们要进行的学科德育建设，其德育理念、德育目标、德育内容、德育方法、德育评价都要和制度建设结合起来。

但是，我们不能迷信制度。制度是行为的规则，只能规定人的行为，而教育是一种精神活动，是内隐的，所以，制度对人的精神活动无能为力。同时，制度所规定的，只是人的行为的底线，它无力把教育推到一个更高的境界，在制度无法发挥作用的地方，非强制性的道德规范的价值就凸显出来了，教育的希望在于教师的精神境界，教师的境界有多高，教育的境界就有多高，教育的本质是师生之间的流转。基于这一点，学校的领导要重视教育思想、教育理念、教育价值观的引领，而不是靠制度对教育管理施加更多的强制性因素。

三、和教师队伍建设的关系

教师队伍建设的主体是教师，可是作用的主体却是学生，教是手段，学是目的，教是为学服务的；同时提倡以人育人共同发展，提倡以人格培育人格，以精神塑造精神，教师的言行举止、行为习惯都在不知不觉地、潜移默化地影响着学生。所以，需要教师不断完善自己，包括自我反思、同伴互助、专家引领，这些大家都耳熟能详。我的观点是，在学科建设中，最主要的是加强教研组建设，即教研团队建设。其中的核心有两点：一是组里要建成研讨的氛围，要有草根式的真诚互助和帮助，这一点不具备，教研组无法进行真正的教研，当然，这和学校的整体氛围有关，需要校长引导；一要重视亲身参加，学校的研究氛围会蔚然成风；同时，学校领导的业务观点非常关键，校长的学术观点将决定学校业务工作的走向。另一个重要的方面，就是教师的听课和评课非常关键，教师的发展有很多途径，比如外出培训、专家指导、业务学习，但是最直接、最有效的就是教师之间的听课和评课，这也是效果最明显的。教师队伍建设，最关键的是要将集体备课当成最基本的校本教研形式，在此基础上，加强备课组的目标管理、过程管理、人性化管理、自我管理，将教研组打造成优秀的学科团队，而一个优秀的学科团队就是一个特色的课程品牌，就容易发展成为办学优势，而最终成为学校发展宝贵而能动的资源优势，是其内涵发展的最有效途径。

四、和课程建设的关系

实际上，学科德育与立德树人和集体备课建设也有很大关系，这个方面在昨天的文章中已经谈到。同时，学科德育和课堂教学关系重大，诸多文章也已经详细阐述。这里面主要是理解学科知识，这是静态的；但是在学习的过程中，静态知识内部的逻辑结构，学科知识学习中所附带的情感和方法，会在学习的过程中鲜活起来，需要学生用心体会，这就会影响学生的世界观；同时，知识学习的过程，伴随着学生思维方式和行为方式的变化，这就是知识人格化的过程；同时课堂中的小组合作团队学习模式，会为学生未来的社会化交往提供最好的前瞻实践形式。

学科德育和课程建设之间的关系，和上面有很多关联。但是，上面仅限于学科课堂，学科德育的途径还包括学科活动和综合实践。学科活动实际就是活动课程，这是育人不可忽视的重要渠道，如我校的艺术之星的活动品牌，就是通过特色的艺术活动来育人，属于活动课程的精彩典范；综合实践，就是课程当中的综合课程，最好的综合课程，就是以问题为导向，打破学科界限，综合所有的知识，在实践的状态下予以解决。所以，学科德育，要和学科课程、综合课程、活动课程结合起来，加强课程规划、学科建设、课程管理、课程评价。

总之，立德树人和学科德育要认真研究教育目的、教师队伍建设、制度建设，并和集体备课、课堂教学改革、课程建设结合起来，这样才能回归到育人的本质上，取得良好效果。

学案之下的教案书写

导学案的兴起，给教学带来了极大的便利，尤其是在预习加展示的课堂教学中，更是沟通了课内与课外、课上与课下，但是，有些教师，因为有了导学案，课堂变成了习题讲评课，没有教案，或者不知道这样的情况之下，教案应该怎样去写了。实际上，不管是利用导学案、问题单，还是现在流行的慕课加翻转课堂，都离不开教案的使用。那么，在使用导学案的前提下，教案应该怎样完成呢?

在导学案编制好了之后，教案的编写就有了立足之处。为了进一步规范和提高课堂教学效率，教案应该包括以下几个方面。

1. 教材分析。这个教材分析，是对所教内容的分析，主要是立足文本的内容及特点，分析在教学中，哪些地方是难点、重点；再结合课标要求，分析教材中哪些知识要讲到什么程度、用什么样的方式讲授内容比较合适等，据此确定整个教学策略。

2. 学情分析。要结合不同学段的学生的特点，有针对性地对学情进行分析，学生已有的知识经验基础是学习的起点。要调查学生已有的学习基础和知识经验，教师务必要了解学生的学习起点、要有学生的个体差异意识、要分层设计教学目标，让不同的学生有不同的发展，分析学生的学习心理和情感倾向，研究学生的学习过程特点，据此充分设计学生活动，也就是有必要、有针对性的和丰富思维含量的活动。

3．确定教学目标。在分析教材和了解学情的基础上，教师要结合课标和教材，确定学习目标，包括知识和能力、过程和方法、情感态度和价值观三维目标，通过这三个维度，梳理出文章的教学目标，其教学目标的基础是文本中所包含的知识点和能力培养体系。同时目标的确定要充分考虑学情，这是最主要的，一是对学生的整体状态要有一个正确的把握；二是因学生不同，所以目标要分出层次，一般是要定出上限目标和下限目标。同时，教学目标的制定要有利于提高教学效率，教学目标应是每个教学系统的结论，也是总摄。其次，教学目标的叙写要精准，哪些知识到什么程度，都要有个要求，也就是区分出“了解、理解、掌握、运用”。

4．确定教学重点、难点。一般情况下，要求掌握的知识要是做了这种区分，那就是教学的重点，而要求理解并会运用的一般都是教学的重难点所在。重难点的确定，除了要求教师掌握学情以外，还要多方查找材料，大量占有信息丰富自己对文本的理解；同时教师还要与名师名家对话，汲取他们的研究和教学成果，以此为教学重点和难点的确定提供必要的信息基础。

5．课时教学流程。一般情况下，教案要按照课时设计。有学案做基础，所以一般的教案就可以分为自主预习课和预习成果展示课，教案大体包括四个部分：

（1）教学环节：将课堂教学分为几个大环节，写教案时要按照顺序完成，每个环节的主要内容要用简单的语言概括出来，同时要估算出完成每个环节的时间。此处要注意的是环节要完整、科学，同时不可琐细，课堂教学的大忌是多而杂，要实行板块式教学，每个环节的教学分目标紧紧围绕课时教学目标来完成。

（2）教师活动：配合每个教学环节，教师的活动是什么，布置的任务是什么，要达到什么程度。包括课堂导语要设计出来，同时每次课前教师要明确教学目标；在教学课程行进过程中，每个环节教师的活动及设置的几个问题是什么，教师的操作要领是什么，都要精心地设计好，同时，语言表述要简练清楚。

（3）学生活动：在教师的指导之下，学生都有哪些活动，要完成哪些内容，怎样完成，到达什么程度。主要注意两点：一是按照老师的指导完成，要和老师的任务同步起来；二是要在预习课上，充分将类似导学案的内容分开并加以恰当的利用，而在展示课上，要注意针对问题和个性化解读，注意形成新的教学资源，利用老师的答疑或是全班同学的智慧加以解决。

（4）设计意图：此处要充分思考，这样设计的意图是什么，是不是最合理的，是否尊重了学生认知规律和学科的学习规律，是否紧紧扣住了教学目标，此处是教学完成的难点所在。

6. 作业布置。很多时候，作业的布置往往忽略，或者是盲目地留，或是盲目地做做练习册，也没有检查，或者是加重了学生的负担，或者没有效果。因此，在教案中要认真地进行作业设计，要让学生感兴趣，让作业起到夯实基础、发展思维的作用。

7. 反思。每节课上完之后，教师要从细节入手，认真反思教学设计、教学生成、学生习惯、教学行为等方面，要寻找亮点，找到不足。

以上是教学的书写，现在很多地方还在实行打印教案，我还是非常提倡手写教案，这样才能真正提高教师的备课水平。总之，教案书写是常规管理的重要一环，要指令明确，和整个教学流程、学案等内容整合好，以真正地提高教学质量。

如何撰写教研计划

教研组是学校最基本的校本教研单位，而教研组活动是最基本最重要的校本教研形式，是否能够扎实地开展，直接涉及学校的教师队伍建设和教育质量的提升。而有些学校，由于种种原因，教研组工作没有计划，实施时流于形式，组内教师不团结，造成了极大的混乱，损失也不小；还有一些学校，由于过分重视年级组及其他学校职能部门的作用，忽略了教研组的建设，导致学校学科建设薄弱，也直接严重影响了学校的内涵发展。那么，如何加强教研组建设？其中，做好教研组规划是重要的前提。

一份合格的教研计划，大致包括以下几个方面：

1．本学科常规教学安排。要按照学校的要求，做好学科常规教学的安排。常规教学一般都有章可循，学科教研组所要做的，是如何在常规的基础上做出特色z，做到极致，而不是满足于教案看页数、听课看堂数、批改看次数，是要真正找到问题的原因所在，并制定相应的措施一抓到底，以此来提高教学质量。常规诸环节，主要是抓好备课、学案、教案、说课、上课、作业、检查等各项内容。

2．课堂教学改革。在抓好常规的基础上，教研组要重点抓好课堂教学改革，要确定好课堂教学改革的方向，主要是实行预习加展示的环节，同时采取试点先行、逐步推进的策略，要稳妥，要先有鲜活的案例和有效的经验，渐次地展开。

3．特色教研活动。主要是围绕常规课堂教学进行一些教研活动，比如说课大赛、板书大赛、同课异构、异课同构、同课再构、文理会课、走课制度。现在正在推行课例研究，即听课之前确定主题、带着问题听课、可以反复再听、课后围绕问题有针对性地评课、结合课堂教学提出解决问题的方案，这些特色教研活动，着眼一线，立足课堂，融合常规，特色鲜明，肯定会取得好的效果。

4．本学科特色活动。要立足自己的学科，结合学科特色开展活动，不要图表面的热闹，要设计让学生感兴趣的、有丰富思维含量的活动，同时这些活动要尽量在课堂上开展，也可在课外开展，但是不要多占用课时，或者是利用课前五分钟，或者是和课堂教学环节相结合，或者是课外延伸，这些特色活动，对学生能力的形成非常重要。可以说，没有适当的活动开展，就没有能力的形成，同时这一点可以和特色教研活动融合在一起。

5．学科社团开展情况。教研组计划也要充分考虑好要进行哪些学生活动，通过这些活动，可以充分培养在本学科有潜能的学生，这些学生社团是针对少数有专长和潜能的学生的，以此让学生充分发展潜能、形成特长、完善个性。比如文学社、几何画板小组、科技创新小组、合唱团、美术社团、体育社团，这些立足学科的学生社团的作用不亚于正规课堂。

以上提到的课堂教学改革、特色教研活动、学生社团，实际上与新课标中所提到的“课堂教学、学科活动、综合性学习”是相通的，也就是要结合学生实际和学校情况，认真地予以综合设计，这些都是教研计划的必备要素和核心环节。

6．校本课程建设。就学科课程建设而言，首先要校本化地处理好国家课程和地方课程，但是，学校特色的体现，很重要的一个方面，就是校本课程的建设，要围绕学校情况处理好课程规划、常规管理、课程评价。其前提是不要加重学生负担，更深层次的考虑，就是要和学科特色打造、教师队伍建设、学生特色活动结合起来，不但教学效率会更高，而且特色彰显会更显著。

7. 组内培训。从校本培训的角度，教研组本身就要具有培训的功能，比如充分发挥组内骨干教师的作用、利用教师之间的不同风格和个性，这些差异都是培训的资源。培训的内容包括教学理论、学科素养、模式构建、范例借鉴，就解决问题的实效性来说，我感觉模式构建和范例借鉴很重要，也就是学习其他学校学科建设和教学改革的成功经验，这样往往会提高很快，但是要注意务必立足自己的实践，总结自己的经验，要使其植根本土。此外，还有认真做好成果转化。

8. 各层次教师发展规划。在教研组建设中，教师培训非常重要，从终身学习的角度来说，不但是年青教师，各级骨干教师也要及时充电培训。要给教师分出层次、定出发展目标，要有时间表和路线图，同时还要有组内的交流机制和互助机制，要有组内结对。

一份成熟的教研计划，就是一个学科特色成长的规划，如果假以时日认真落实并相机调整，肯定对教师成长和学生素养的提升很有好处，所以要认真、科学地制定并予以科学的评价和完善。

关于练习及其讲评设计

在中高考复习中，很多学科都是在通过大量的习题课来巩固知识、形成能力、提高应试水平的。所以，习题课成为攻坚复习中一个非常重要的课型，其质量和效果直接决定着成绩的高低。但是，为大家所诟病的题海战术，不但加重了学生的负担，而且为学生所厌烦，久而久之会使学生失去学习的兴趣。而不进行习题的训练，面对中考和高考，实际来讲，无法提高成绩，是负担不起的责任。那些针对训练和习题，只知道批评，甚至想完全取消的做法，在目前来讲是不切实际的。基于这一点，如何把中高考复习中的训练做好，以培养学生的能力、发展学生的思维，是我们亟待研究和推进的问题。根据多年的经验，有以下几种做法。

1．星级选题。前面已经说过，题海战术是有百害而无一利的。这种不加选择的盲目训练，是对学生时间甚至是生命的严重浪费，不啻犯罪。要想提高练习的质量和效率，首要的是做好选题，甚至有些高水平的教师，能够做到按照自己的思路，结合学生的特点自行编题。自行出题要求较高，一般来讲，是教师根据实际情况，在众多复习资料与网络资源中，结合学生的情况与教学实际，面向考纲的要求，进行认真筛选。对习题的甄别和筛选，能充分地体现出执教老师的学科专业能力及教育教学的经验和技能。所选的习题的效度和信度越高，训练的效果越好。

所以，需要教师认真对待，有时要发动整个教研组的力量，集中集体的智慧，一个很有效的策略就是实行分工与合作。之前要有严格的分工计划，同时，为了不互相重复，不同的出题人还要做好另一个出题人的审核工作，这样，既能从另一个角度强化对习题的完善，又能保证习题的连续性，是出题的一个必要的环节。

2. 主体训练。主体训练指的是在课堂上，在教师的组织下，认真地进行训练。训练要固定时间，这样才能提高学生思维的敏捷性，提高学习效率。在训练的过程中，教师还要提高学生的三种能力，即：审题能力、解题能力和规范化答题能力。审题能力是非常重要的，其核心是学生思维中的理解能力；解题能力是学生运用所学的知识综合解决问题的能力；规范化答题能力是需要教师进行训练的，属于良好的学习习惯的范畴，属于行为规则。而前两点，或者说是整个训练的核心，是在发展学生的思维，这是至关重要的。通过练习，要巩固知识，更主要的是将学生的思维引向深处，使学生的思维和智能获得发展。当学生用智慧完成练习时，学生的智慧也会得到发展；当学生用情感领悟习题时，学生的情商也会得到发展。将学生的思维引向深度思考的练习，是学生智能发展的一条重要渠道。

3. 对位讲评。训练之后的讲评非常重要，教师务必全批全改，以此得到学生完成习题的信息，并做归类整理，按照情况、经验、问题等方面梳理出学生完成习题的总体情况。问题当然是最重要的，教师要通过存在的问题，进行细心的诊断，找到解决的措施，并给予有效的落实。

关于讲评，有几种形式，应用最普遍的就是课堂的讲评课。但是，平庸的教师一般不分重点，按照习题的先后顺序来对答案，是最低效的做法。一般来说，习题讲评课，教师要对本次训练的总体情况进行概括总结，使学生进一步明确训练的目的所在，以便能够自行对照，看目标的达成度如何。接下来，教师要对练习中学生成功的地方进行表扬，这也是不可缺少的，即使整体上学生做的练习的质量不高，教师也不要情绪失控，不要把过多的负能量的东西宣泄给学生，这样的做法是不成熟的，尤其是涉及语文学科的作文讲评，更不能将学生批得一无是处，这会极大地打消学生写作的积极性，对提高学生作文水平来讲是毁灭性的。第三方面，就是要针对存在的问题进行分析，这是整个习题讲评的重点。针对存在的问题，教师一是要找准问题，二是要重锤重敲，三是一定要有解决的措施。建议在整个讲评中，要打破试卷的顺序，将其当作重点，放在学生注意力最集中的课堂的黄金时间来进行。

关于讲评的形式，还有面批面改和预约式辅导。这样的针对性更强，也更有实效性。虽然这样多些时间，可有时教育教学就是慢的功夫，我们急不得。况且，这种面对面的讲评，学生得到的不仅是知识上的指点，更有一种被关爱的、被关注的良好感觉，会在很长的时间内激发出学生的潜能和学习热情。到现在，我都记得中学时老师单独找我谈话的几个情景：第一个是在窗前，老师找我谈话，让我当班长；第二个是一次老师当面给我批改作文；第三个是老师批评我，说我参加班级活动不积极，当时的深刻印象和激动心情到现在我还记忆犹新。将心比心，现在的学生也该有多重视与老师的单独谈话啊！泰戈尔说过一句话到现在还能给我很大的震撼：“不是锤的打击，而是水的载歌载舞，才使鹅卵石臻于完美的。”

4. 专题补救。关于难点和存在的问题，教师要采取措施，适时地调整教学进度，想方设法地加大力度和分量，这是对学生的一种人文关怀，是将视角放在学生身上的一种教学重建，也是教师必须掌握的一种教学策略。问题已经明确了，甚至有些在做练习之前，教师就预料到学生会出现问题，比如初中物理的电学、化学中的酸碱盐、语文中的文言文阅读、数学的动点问题、政史的小论文写作、英语的完形填空。优秀教师的所在，就在于针对这些难点问题的解决，能将学生的思维推向深入，这些最佳的提分区、最佳的增长点，也是尖子生思维获得发展、成绩获得提高的关键所在。所以，教师一定要有自己的特色教法，来进行专题式补救。

5. 淘汰复测。在进行专题式补救之后，还要通过测试对学生重难点及问题的突破进行检验和强化。相对于基础知识达标训练，可以把淘汰复测称为过关训练。当然，这里不是搞一刀切，标准肯定会有所调整，比如，基础知识部分，要求百分之九十的学生达标即可；对于中等的能力部分，要求百分之六十的学生达标即可；而对于个性化的难点，则要求百分之四十五的学生达标即可，而能有百分之三十的学生过关，就是一种比较理想的学习状态了。试题的难易不同，以上的说法也不是绝对的。

星级选题、主体训练、针对讲评、专题补救、淘汰复测，是习题训练的完整步骤和理想状态，其核心是巩固知识基础上的思维训练，也就是我们所说的能力形成。一线的各位教师必须认真对待，使训练更加科学高效。

关于讲评课及训练要求

现在九年级进入了中考总复习阶段，主要教学内容是组织学生在各种训练中进行复习，所以此时的各种训练及习题讲评课非常重要，要认真规划。

讲评课的设计有以下几要点。

1．注重实效。考试或做试卷后，短期内学生记忆清晰，而且对讲评有一定的期待，此时的讲评效果往往最好。所以教师一定要及时改做、及时反馈、及时讲评，使讲评课的效果最大化。

2．精心准备。首先，教师要了解学生的错误情况，总结学生出错的原因和出错的规律，确定讲评课的重点和难点；其次，教师应结合试题与学生出错状况确定自己的讲评思路、讲评步骤和讲评方法，并写出教案，避免讲评的盲目性、随意性，避免就题论题、平铺直叙、平均用力、详略不当。

3．查缺补漏。试卷讲评，是在学生练习或考试基础上进行的教学活动，这更需要调动学生的主动性，积极反思结题得失，形成正确的解题思路，精析精练。不能为了节约时间，教师拼命讲，学生一味听。要重视做好学生的错题过关工作，查缺补漏；重视二次训练。注意抓实、抓准、抓好学生的薄弱点、易错点和认识误区。

4．延伸归纳。要善于将试题分类，总结解题技巧与方法，个性分析与共性总结相结合。重方法指导、题型分析、延伸发散、归纳总结、纵横联系、方法优化、变式训练。

训练批改的策略如下。

在指导思想上，我们要坚信“游泳的素质只能在游泳的实践中完成，不会在学习游泳的知识中完成”。把训练作为能力培养的重要一环，树立“能力培养的关键在训练”的思想，自觉借助训练的强化来实现学生素质能力的内化。

在训练的时间上，我们要树立相信学生、尊重学生的主体思想，努力把讲堂转变为训练堂，要把绝大部分的训练内容从课后移到课内。理科训练时间不得少于15分钟，要求精讲多练，重在课堂训练。

在训练的内容上，要精心设计有代表性、有针对性的题目，使学生通过训练，巩固和升华所学知识，做到举一反三，触类旁通，坚决克服训练内容上的随意性。

在训练的难度与数量上，要坚持难易适中，不拔高，又不过于简单。以15分中能完成为限，既不超量又不偏少，让优生吃得饱，又不让中下等生吃得少，促进不同水平的学生都能得到不同程度的提升。

在训练的体现上，要基础知识规范练，重点问题反复练，特殊问题针对练，易错易混问题重点练，单元知识综合练，实际问题趣味练，给学生以欲罢不能的心理感受。

在题篇形式上，平时训练使用小题篇。实验班课采用小题篇和大题篇。

在题篇发放上，每天每科发放小题篇不得超过2篇，每周实验班可发放综合专题大题篇2～3篇。严禁科任教师只考虑本学科，没有团结的精神。

在训练题编辑上，要规范命题，要采用前勾后连原则，所有题篇前必须加基础知识。教师要自编自组试题，严禁使用成题或垃圾题。同时鼓励学生出课堂小条测试题，测试知识点为上节课所学内容，上课预铃响后，由命题的学生讲。

训练批改要达到的目标有两点。

1. 做到有发必收，有收必改，有改必评，有评必补。

2. 借助训练的强化来实现学生素质的内化、能力的提高。

习题巩固与思维训练

无论是哪个学科，其习题课，都有巩固知识、夯实双基、发展思维、诊断评价的作用。这样的定义比较宽泛，但是针对考试来说，为了取得优异的成绩，一种重要的授课形式就是习题巩固课。这样的习题课短时见效，能提高成绩，所以教师要认真研究教学流程以便形成模型。今天听了两节课，分别是语文和化学，都是考试之前的习题课，非常典型，也很有实效性。

一、语文课：加深理解，明确思路

语文老师考查的是《邹忌讽齐王纳谏》，首先对文学文化常识和书下注释进行口头考核，主要采取教师提问的方式。这种考查方式注重的是成绩一般的学生，有几点好处：一是可以巩固基础；二是可以督促后进；三是通过提问的方式可以带出部分文章内容，这也是一个回顾文章、熟悉课文内容的过程。对于巩固基础来说，教师提问、学生回答、其他听讲，在考试之前会有很好的即时记忆的效果，尤其是在第二天就考试的情况下，这种效果更好。

在文章理解方面，教者主要是抓住了中心、内容、写法等三大方面，我认为更理想的是，教师在测试之前，带着学生顺着文章的思路回顾一下，熟悉一下文章主旨、材料、特色等方面的内容。这里有个误区，因为标准答案的影响或是个别教师对文本的不深入及自身素质的原因，有些教师要求学生记答案或是背答案，这样做的莫大坏处是对学生思维的僵化影响，但是有一点可取之处就是学生能积累一些专业术语和答题句式。就考试来讲，这种记答案的方式本来比较实用，但是针对考试和学生思维要注意两点：一是要把答案当作参考答案，教者要认真思考答案的合理之处予以汲取；二是学生一定要认真地理解答案的思路，划分好文章段落内部的逻辑结构。考试一般不会出原题，但是会围绕中心、内容、写法等方面在基本题型的基础上进行变换，新的题型就是在原来的基础上，在某一个角度和层次上做了变换，答题的技巧就是如何找到万变不离其宗的根本，还要根据题干语言的表述看出如何找到变换的相对应的地方。这是文科答题的技巧所在，其核心就是对原文的理解和思考，教师要教给学生的是：基本理解和答题思路及变换方式。

根据上面的表述，语文的试题巩固课的思路包括：复习文章、总结习题、抓住重点、理解思路。我所听课的语文老师主要抓住了文章类比的写法和“此战胜于朝廷”的文章主旨进行复习，重点非常突出。在试题的设计上，老师给予了充分的训练，包括：妻妾客三个人回答的语气有何不同，家事和国事是怎样对比照应进行论证的，等等，这些都是从类比的角度来设置的。对于前一个问题，作者的语气稍有变化，有的参考答案给出的是三个人对邹忌的感情不同，但是更主要的是三个人的象征为类比做铺垫，这一点要更深层地予以理解。至于文章提到的“此战胜于朝廷”，和“不战而屈人之兵”“先为不可胜”，都具有一脉相承的联系，此处难以理解。在我看来，虽然综合了各个方面，但是我们依然感到文章的本意所在，委婉劝谏是次要的，更主要的是想表达强大自己、清明政治的决心，这也是一种思维方式。而如何处理强大自己和委婉进谏，却不是一般同学所能做到的，因为里面涉及做人的方式、处世的艺术、宏观的智慧以及家国的情怀，这也是文章的价值所在。

二、化学课：举一反三，触类旁通

今天还听了一节化学课，老师主要是进行了化学式中某种元素的质量分数的计算，我感到虽然他是一位年轻教师，但是从不同的题型进行归类，同一类型题里的化学式不同，也会产生不同的题型，变换演化得很恰切自然，这也是理科考前训练的关键所在。就是要能基于基本形式，进行举一反三、触类旁通的训练，并且遵循着步步为营、由简到繁、层层深入、环环相扣的原则，在训练的过程中，去夯实基础、发展思维、厚淀素养，以解决问题。

在训练中，针对习题，有以下几点要注意：一是要尽量自己出题而不要照搬，这样才能更有针对性；二是要自己做题而不能照抄答案，这样才能从学生的角度加深感受；三是要针对讲解而不是直接说出答案，要先总说一下练习的总体情况和训练目的，之后突出主要问题进行重锤重敲；四是个性回答而不是直接说出答案，这一点是针对学生来说的，要求学生要阐述回答的理由，教师要围绕答案和学生进行对话，实现意义的理解和建构；五是纠错落实而且不能再犯，针对重点的地方要进行淘汰式复测，要向着纠错后得100分努力。

总之，理科的习题训练包括以下几个系列方面，即：星级选题、主体训练、对位讲评、专题补救、淘汰复测。

理科当中是这样，实际文科也是这样，教师的及时批改非常重要。在批改的过程中，教师会发现根本性的问题，一个理科教师如果训练的批改跟不上，那即使课堂效率再高，教师讲得再有水平，也不会取得好成绩。批改的过程就是酝酿的过程，就是寻找和学生进行对话的最佳时机的过程，也是优秀教师的基本功之一。

在练习中，教师的总结、与学生的互动、学生的主动，是三个不同的境界，为什么教师讲得很多很全，学生的学习效果仍然不好呢？究其原因，在习题讲评中，没有充分发挥学生的主动性，是一个重要原因。学生活动设计得好坏，有时直接决定习题课的成败。习题课对成绩中等的学生所起的作用最大。但是依我多年的经验，那些理科思维顶尖的学生，用语言一步一步地分析，显然不利于其潜力的开发。理科思维非常好的学生，思维迅速运转，语言却是跟不上的。那种知识的综合、思维的深刻、灵感的闪烁、和别人的交流碰撞还在其次，关键在沉思默想、思接千里，这恰是思维最美丽奥妙的地方。

如何把习题的应试训练色彩转换为良好的思维训练方式，是一线教师必须面对和值得深入探讨的问题。

小组讨论汇总的问题导学

在课堂教学中，问题的呈现非常重要，只是简单地展示事先准备好的材料，对学生的锻炼效果微乎其微。这里所说的问题不是课堂中的教师提问，而专指学生所提出的问题。这种问题更有价值，因为其源于学生的自主学习。谢谢大家的关心。

1．学生自己的问题。在自学过程中，学生通过预习、自学就能掌握的知识，只要进一步考察即可，但在对基础知识的考察中，如语文基础知识，教师要想方设法让这些基础知识和文章的中心、内容、写法产生联系，也要让学生掌握这种词不离句、句不离段、段不离篇的思维。这也是学生产生有质量、有深度问题的一种方式。

2．小组产生问题。每名学生经过自学后，在小组内交流、解决问题。能够小组内解决的，不再留到下一步；小组也解决不了的，由老师进行归类，留到下一步研讨。这时教师要善于将学生的问题进行归类，和自己的预设的问题相结合，形成新的课程资源。这里特别强调要将问题进行优化和提炼，将不能解决或认为十分重要的问题生成为小组问题。这里面，要对问题的表述进行认真的思考，这本身就是一个对问题的内涵和外延思考的过程，同步合并生成教学层次和思路。

3．学生个性化的问题。小组层面达成共识的问题，教师不再浪费时间，也没有必要展示。在教学中，形式化的、照本宣科的展示，费时低效。那么怎样使课堂展示具有思维含量呢？重点是要产生问题，结合问题去思考、展示。这里老师要注意，在问题展示后，要结合对问题的解决，组织学生开展研讨，不要直接给学生答案，要引导学生积极思考，调动学生积极思维，互相补充，相互启发，最后形成正确的有个性的答案。

这三个步骤的问题生成与解决，就是学生思维品质提升的过程。开始阶段提出的问题质量都不会高，解决问题的过程也会很艰涩，但是经过一个阶段以后，学生能乐于生成问题，同时会善于积极主动地借助同学和老师的帮助解决问题。自主学习、合作学习和探究学习变成一种自然行为和能力、习惯，这就是能相伴学生一生的高质量的学习品质。

利用小组合作学习的教学组织要点

今天，教研组会以“小组合作学习模式的构建及在不同学科的运用”为主题进行了研讨。笔者认为，在小组合作团队学习机制建立起来后，要在课堂上有效实施，主要的操作程序应如下。

1. 确定目标。这里的目标可以是问题，也可以是老师布置的任务，要依据课标和教材，结合学生实际来确定。确定的过程可以让学生也参与进来，充分考虑学生的需求；确定之后可以分条板书，并向学生解读。同时在教学过程中要紧紧围绕这个目标进行。

2. 个人自学。在明确目标之后，让学生依法自学，要给学生充分的自学时间，让学生围绕目标进行读、画、查、注。这时老师要来回巡视，重点关注学困生，给予必要的指导。

3. 小组交流。个人自学之后，在组长的带领下，小组要开展交流，结合自学笔记，能达成共识的则组内解决；疑而不决的，要形成新的教学资源，求助老师或借助老师的智慧加以解决。此时老师的作用是指导学生，组织小组内开展讨论。

4. 班级汇报。小组内交流之后，每组内要选代表面向全班进行汇报，汇报后班级其他同学进行补充。老师此时也不要直接给出答案，主要作用应该是协调、评价、答疑，重点还要关注学困生，给予必要的鼓励。

5．师生总结。在巩固之后，老师要和学生一起，共同归纳，形成规律，以利迁移，还要为下一步的巩固拓展做准备。

以上五个环节，可以是一节课的流程，也可以是某一个研讨环节的程序。实际上五个环节的每个要素都不可缺少。这里特别强调以下几点：

1．研讨内容要适合。不是所有的内容都适合研讨，一些不具思维含量的、机械记忆性的知识，就不适合进行小组研究，一些学科基本的概念、原理、法则等也适合以老师讲授为主。如果对内容不加辨别，会降低课堂效率，削弱研究学习成果。

2．问题及任务设计要有学科特色。有些学科，以发展思维为目的的训练，可以进行研究，但是不能忽略学科特色，要设计紧紧贴近学科的问题，这对全面发展学生的各项能力有重要作用。

3．要注重效率。不要将展示变成表演，要始终以问题为中心，在自学中形成个人问题，在小组交流后再形成小组问题，同时要在小组问题的基础上凝成班级问题。只有这样，效率才能提高，才能真正实现学生的发展。

4．要给足学生自学的时间。在展示交流之前，学生的自学非常重要，要给足时间，让学生有充足的自学，生成阅读感受。不要为了赶进度而忽略、节省学生自学时间。

注意到以上几点，小组合作学习就能够极大地调动学生的积极性，全面促进学生发展。

读写交流课

近期的语文质量检测，还有教研部门的专业人员的更换，都预示着中学语文教学的一种走向和本质回归。语文教学的最大问题在阅读教学，以前是少慢差费；目前的局部地方，为了应试，把阅读课上成了支离破碎的分析课，令人不知所云，毫无美感和意义可言；还有的地方仅上和考试有关的课内古诗文阅读课，无意义地重复讲授一小部分内容，而因为课内现代文部分不考而给予忽略。长此以往，学生的思维得不到发展，滞后了整体素质的提升，其害不浅。

阅读是语文学习的关键所在，是学生精神成长的关键，也是学生思维开阔与智力发展的重要途径。课下拓展阅读是语文学习的重要组成部分，采用课前阅读、课上交流的方式，效果会更好。

课下阅读和课上交流，可以把学生自主阅读、同学互相交流、教师参与指导结合起来，这样更便于取得良好的效果。

这样的读写交流课的主要环节包括：教师布置任务或是学生自主阅读、课上交流阅读心得、学生积累相关文字、研究典型写法、模仿进行写作、交流学生习作。

1．学生自主阅读。这是整个阅读的基础，既靠学生的自觉，还需要教师导引，以激发出学生浓厚的阅读兴趣。阅读兴趣的激发主要包括他激和自激。教师要传达给学生独特的感受，抓住学生的阅读兴趣给予真诚的激励，并通过多种形式激发学生的阅读愿望；学生阅读时也要主动感受书中的美妙，享受阅读的乐趣，行走且陶醉在风景无限的精神花园中。

为了后续的学习，这里有两点需要注意：一是学生一定要能静下心来阅读，把文章内容读懂，知道所读文章的主旨并能概括文章内容，这是保持思路连贯和思维深刻的关键所在；第二点要注意的是学生要珍视自己读书时的第一体验，并且善于总结，对文章的主旨能产生自己的理解，同时能凭着第一感觉找出自己最喜欢的文字。

关于阅读的书目，教师也要给予学生引导，要和教材内的课文学习相结合，充分考虑到学生的阅读兴趣，主要应以名著阅读为主。当然阅读的目的不同，阅读的书籍也不同，一些富有生活情趣的书籍，也能丰富学生的情感，美化学生的心灵。

2. 课上交流阅读心得。为了进一步促进学生读书的兴趣，形成团队阅读的良好氛围，教师还要组织学生进行读书心得交流，学生要展示自己的读书心得并阐述理由。主要可利用课堂的时间实施，包括两个方面：一是小组内交流阅读心得，教师组织学生，按照所读书籍的概介、自己的总体感受、最喜欢的文字及其原因来进行，这样做的好处在于能进一步明确读书的感受和相关思考。如果是学生阅读同一本书进行交流，能够起到互相交流的目的；如果是阅读不同的书，在交流过程中，互相之间还会开阔视野，掀起下一轮读书的高潮。

在交流时，还要提及重要的一点，就是学生要充分运用自己阅读时获得的第一体验，并要将其融入互相之间的交流中。这种带着独特体验的阅读能够互相打动，同时，在互相交流和倾听的过程中，要进一步思考，以形成可贵的读后再体验，这样无论是对文章的深入理解还是阅读的进一步收获，都会更有好处。

第二方面，为了使交流更加深刻，教师还要组织在小组基础上的全班交流，主要是组里推选一位同学，面向全班进行汇报，其他同学在认真倾听之余，如果有所感得要发表，可以对发言的同学进行补充或是互动交流。这样学生可以在初读体验、小组交流再体验之后，获得第三次的深刻阅读体验。

3. 学生积累相关文字。随着科技的进步，有这样一种假设，就是每个人都可以凭借芯片存储信息，而不用自己进行记忆了。芯片给工作和生活带来的影响效果会很显著，也会令人很高兴；但是一个人素养的提高，还必须积累一些知识。试想，一个语文教师没有一定量的语言积累，到关键时刻仅依靠芯片，那还怎么提高人的素养呢？这是不可想象的，这样的假设也是不成立的。所以，阅读必须和积累相伴，这是阅读行为的永恒主题，思想深刻、情感丰厚的文章，能帮助学生积累思想；文质兼美、辞藻丰富的文章，能帮助学生积累语言；别具洞天、选材新颖的文章，能帮助学生积累相关的生活经验。

这里有一个关键，就是无论是积累语言、积累素材、积累思想，还是积累生活经验，最主要的是要理解和接受，在此基础上进行背诵。切不可囫囵吞枣、人云亦云、死记硬背、机械模仿，这样即使积累丰厚，也不会有太大的益处，反而会僵化思维，变成书呆子。

4. 研究典型写法。精彩的文章，总是形式与内容高度统一，也就是文质兼美，而通过对文章形式即写作技巧的分析，也能进一步加深对文章中心的理解和对其情愫的吸收，所以教师要引导学生研究文章的写法。可以研究文章的特色所在，还可以研究自己研背的重点段落，可以是教师推荐，也可以是学生凭着自己的需要和兴趣确定，这一点一般也可以在课内进行。如学习《荷塘月色》时，研读“曲曲折折的荷塘上”一段，重点要总结出描绘景物的方法，即：按照一定的顺序、抓住一定的特征、恰当运用描写方法、注意恰当修饰语的使用，总结之后，学生就会很好地将其运用到自己的文章里。

5. 模仿进行写作。教师要引导学生仔细研究所选文字，总结方法，之后进行仿写。在总结出写作方法以后，要求学生结合实际生活经历进行片段的写作，并能将写作方法恰当地运用到写作中去。这是有难度的，教师要恰当使用，不然学生会因为这一点而讨厌阅读，产生负面影响。可以创设好的写作时机，让学生有写作的欲望；可以让一部分写作能力较强的同学来写，慢慢地带动其他同学；不管写出的文章质量怎么样，学生有了这种意识，有了写作愿望，能引发其对文章的思考，就是一种成功。

6. 交流学生仿写。仿写之后，学生要进行交流，也可分为两个层次：一是小组交流，二是基于小组的班级交流。在交流的过程中，既能加深对原文的理解，又能进行写作训练，最关键的是教师要进行激励性的点评，以激发学生的写作兴趣。这才是最关键的，甚至都不要过分纠缠所写文章的质量，即使所写的文章存在严重的问题，也要通过正面的例子给予示范，切不可一概否定，否则会扼杀学生阅读和写作的兴趣，是阅读和写作教学的大忌。

“阅读—积累—展示—研法—仿写—交流”，构成了读写研究课的基本流程，这样的阅读与写作，几次总结和展示深化了学生的阅读体验，注重了学生对文本特色的探究和整体把握，较之肢解式的分析，会让学生更进一步地获得文本的濡养，并且体现了读写结合，把吸收和表达结合在一起，符合语文学科的学习规律和学生的思维认知规律。

还有一点要注意，就是要想教师的指导有效、做效时机恰当，教师自己必须认真读书、亲自动笔，并有真实的体验，这样才会和学生共同在文本的基础上实现思维的碰撞和情感的交融。

读书互动推荐促进有效阅读

读书，对于教师非常重要。试想，教师以其空空如也的头脑去教学生，以其不读书的形象去影响学生，会取得什么效果呢？同样，学生不读书，就难以开阔视野，难以厚淀素养，更谈不上儒雅高尚了，所以，书香校园的构建，需要教师和学生共同读书，实现共同成长。

很多时候，教师们自己的读书是个性化的，是不同的，而在互相不了解内容的时候进行交流，显然不合时宜。我的想法是基于每个人的读书和工作的实际，进行有规划、有组织的读书推荐交流活动，这样既能分享读书成果，又能为交流互动、深入研讨提供条件，更主要的是通过读书推荐能进一步掀起下一轮读书的高潮。

学生更是如此，所以我的想法是每个班级都要设立图书角，成立读书会，要持之以恒扎扎实实地开展读书活动，使其和班级的管理、每周的班会述职、语文学科的课外活动结合起来，并且要定期召开读书交流与推荐会。关于交流会前文已经谈过，本文主要探讨利用课堂时间进行读书推荐活动。

读书推荐活动主要包括自主阅读、学生准备、推荐过程、下轮阅读。

1．充分的自主阅读。这是学生推荐阅读活动进行的最根本所在，学生要结合学习的需求和阅读的兴趣确定阅读书目，不但要积累一些有价值的文字，还要结合相关内容获得阅读体验，同时还要阅读相关的文字材料以加深对书籍的理解，这主要是为了向别人推荐书籍时能更加全面。

不动笔墨不读书，所以教师要引导学生进行批注式阅读，批注和自主阅读要有机结合起来。教师先要教给学生批注的方法，然后在阅读实践中有效运用。批注式阅读主要包括四种形式。

（1）注释式批注。此种批注主要是针对文章的关键词句，或者说学生自主阅读时凭着自己的兴趣和理解，对自己认为是重点的句子进行批注，要写在文章左右靠近原文语句的地方。

（2）段意式批注。此种批注主要是针对文章的某些重点段落，要善于抓住段落的主要信息进行有效归纳。批注语句要短，不要啰唆，要钩玄提要地写在文章段落的后面。

（3）设疑式批注。此种批注的文字组织很容易，就是要写出阅读时的疑惑，关键是疑惑的产生及将其提炼出有价值的问题的能力。批注一般写在有疑惑的文字旁边。

（4）评论式批注。此种批注主要是针对文章语言、表现手法、写作技巧有感而发的，方式比较灵活，范围也非常广，一般写在每页的上面或是下面。

在批注时要重点注意的是要写出感受，刚开始，学生会有顾虑不敢写，但是其重点就是要打破拘束：在批注时，不管是谁的文章，都要谈自己的感受和见解，不要受现成的定论和成见的干扰。开始时，教师要充分地做好示范，还要注意一些细节，比如尽量使用不同颜色的笔，所写的字要工整，要小于原文的字。等熟练之后，批注形式可以灵活使用，连所写的位置也可不做要求。

批注式阅读是学生自主阅读，获得珍贵体验的第一要素。当然还有其他形式，比如写读书笔记、做文章分析、写读后感等，都是自主阅读的良好方式，并且能为后面的阅读交流做好充分的准备。

2. 活动前学生准备。读书推荐会完全可以由学生自己组织，这样不但能充分锻炼学生，教师也可以减轻负担。此处的关键是会前的各种准备，包括以下几个方面。

（1）推选主持人：根据学生提名推出两名主持人，也可由教师选定，首要条件就是这两个学生要是大家公认的热爱读书的同学。擅长主持却不爱读书的同学就不太合适做主持人。主持人也可以由爱读书的同学轮流担任，排好顺序之后要事先准备，这样既能锻炼学生的能力，也可以减轻学生的负担。

（2）确定推荐会的主题和程序。主持人要确定好每次读书会的主题，围绕主题来进行，因为认识深度的关系，所以辅导教师要充分地加入到里面，给予有高度和深度指导；主题确定之后，要先设定程序，这样整个活动的总体架构就形成了，余下的就是进行细节的完善。

（3）了解同学的材料。主持人会前要了解同学们所推荐的内容，要求进行推荐的同学及时把相关的材料整理好，根据内容了解设计几大板块，每个板块的主题要相同。

（4）学生准备好交流的材料。这里面包括全体同学，重点是确定好的要发言的同学，所准备的材料包括阅读的书目、做出的批注、撰写的心得、相关的研究，重点是进行推荐的材料，要言简意赅；同时可以设计成幻灯片，这样更易于进行展示，会提高推荐会的效率和质量。

（5）做好布置。包括班级的布置，为了渲染气氛，可以配合一些板报，但是不主张过于隆重，因为这是一项常规工作，不要让学生养成过于注重形式的虚华作风，和文风一样，都要讲求质朴。一般来讲，桌椅都不要动，重点是黑板的主题书写，或用幻灯背景打出活动主题即可。

3. 推荐活动过程。这是活动的关键部分，但是前期准备充分之后，整个过程的组织会水到渠成，按照程序执行即可。大致要注意以下几点。

（1）主持人讲话：主持人是整个活动的组织者，要围绕活动主题设计好主持词，既要表达主题，这是核心，又要有文采，只有如此才能提高会议的质量并打动教师；并且不易太长，必须原创，不能抄袭，只有这样才能和同学产生共鸣。主持人的讲话，最主要的是要紧扣每位发言人的书目进行介绍，这一点难度非常大，需要教师予以把关，但即使是教师，也会有很多书没读过。

（2）分板块进行：每个上台进行推荐的同学的发言时间要控制在3分钟左右，主持人要做好过渡衔接；为了提高效率，建议发言的同学要结合投影，将推荐的书目、作者打上，便于大家记录；同时下面的同学要做好记录，记录书目、作者、推荐理由中的关键词。

（3）也要追求生成。如果整个活动按部就班地进行，虽然能达到效果，但是却不会太精彩，效果也不会很好。久而久之学生会厌倦，所以，可以在每一部分结束后，增加一个互动环节。下面的同学可以进行质疑、补充、完善，进行介绍的同学可以给予回馈，这样互动起来，效果会更好。

（4）教师最后总结。整个活动虽然是学生组织的，但是教师要充分发挥作用，包括准备时的指点、过程的关注、文字的润色修改。尤其是主持人致结束语后，还有一个重要的环节，就是教师总结并提出要求。这里的要求及点评主要还是以表扬和激励为主，更主要的是，教师要结合学生会上推荐的书目，要求全班开始下一轮阅读，并对下一次的读书交流会进行布置。

把班级的读书会组织好，把读书推荐会落实好，会极大地促进学生进行有深度、广度、高度的阅读。希望读书推荐会能和课程有机整合后有效实施，因为这和学生的素养厚淀密切相关。

作文教学的精彩展示

今天在附中听了三节作文课，课题是《意料之外、情理之中》，是指导学生作文布局谋篇的，即要使行文有波澜、引人入胜的技巧。一般来说，语文的公开课大多讲阅读，少有讲作文的；即使选了作文，也是重在讲评，涉猎作文指导的也不多，这是因为作文指导课分寸不好把握，讲多了容易框住学生的思维，讲少了不起作用。重在方法的话，容易陷入技术主义的窠臼；偏重内容，则又少了思维逻辑的理趣。但是今天三位老师处理得都恰到好处，同题之下富有实效性，还各具特色，称得上是作文教学的精彩尝试。

一、附中王老师：讲评和指导的巧妙结合

附中王春雨老师的课很有特色，将作文讲评和方法指导结合了起来，实效性非常强，尤其是对于应试作文，可以说稍加雕琢就会有立竿见影的效果。每次作文，我们都能发现学生存在不少问题，即使进行了归纳，下次学生还会犯同样的错误，其原因就是教师仅指出了问题所在，却没有采取有效措施。而王老师不但准确发现了学生作文中存在的共性问题，即缺少笔底波澜、平铺直叙严重，还给出了几个实用的方法，即：设置一个突转或是一个误会、一个悬

念，同时结合例文进行了当堂训练。这种方式针对性非常强，见效也快。尽管语文是个慢功夫，常常需要功夫在诗外，可是这种针对学生作文中的问题所采取的以解决问题、给以方法、提高水平为目的的指导很有效果。

另外，王老师在讲授中，结合实例的做法非常好，而且将学生的作文打到了大屏幕上，学生们低头可以品味，抬头更可以看得真切。也就是说，在语文等人文学科，电教手段如何运用，王老师也提供了一个典范，不在眼花缭乱，而在找准时机；结合电教手段，王老师还和学生进行了精彩的对话，更将内容深入到了学生的内心，变成了老师和学生精神世界的深层交流。

还有一个亮点，就是在课前进行的班级新闻播报，这种形式的效果其实不亚于正规的授课，模仿《新闻联播》的两个学生很自然，可见已经形成了习惯；播报的内容取自班级，学生当然会热切关注，同时还能巧妙地穿插前方记者的连线，扩展了播报的内容，使更多学生得到了锻炼。类似这样的活动，加上其背后的功夫，对提高学生听说读写的语文能力特别有好处。

当然，和第二位老师比起来，我们感觉王老师虽然年长于第二位老师，可是整个课堂有些过分拘泥于方法指导，尤其是后面的仿写，过于重视技巧训练，虽然能较好地培养学生的想象能力，可是有些因辞害文，在情感激发和价值引领方面，不及第二位老师。

二、附中巩老师：设计巧妙的精致课堂

说实话，第二位老师虽然只有一年半的教龄，但就这节课来说，不但挑不出什么大问题，而且其精彩的设计令听课的老师们都由衷钦佩。总体来看，最精彩的是巩老师依托动画电影《疯狂动物城》所做的一系列设计。就我的感受，国外的一些动画电影堪比好莱坞大片，如《冰河时代》中的奇思妙想让人叹为观止，每次我都能看得笑出一身大汗。《疯狂动物城》我倒没看过，可通

过巩老师的介绍，我也感受到了影片的精彩。非常难得的是，年轻的巩老师依托电影进行的精心设计，此计一出全盘皆活。由此我们能见到，活化课程资源并加以巧妙运用是多么重要。很多老师，包括我都是这样，讲课时也能提到一些学生感兴趣的东西，但是没有深入挖掘这些资源并进行精心设计，导致错过了最佳的教育机会。巩老师虽然年轻，却是有心人，将电影作为课程资源发挥得淋漓尽致且恰到好处。

在信息时代，语文课的资源已经不仅仅限于教材，自然的、社会的、多媒体的，学生的差异、老师的特色，都可入课。这里给我的启发是：老师还是最为关键、最为宝贵的课程资源。再好的资源，要经过老师的挖掘和设计，一如巩老师；同时，老师自身的素养和风格也非常关键，这是非常难得的课程资源；老师的智慧、情感、情怀、学养，对学生的影响是难以估量的。

刚才提到，巩老师虽然年轻，但是相对地受到的应试的羁绊和束缚也少。前面的王老师，对初中和高中的应试来说，应该很实用，但是针对真正的写作，此法却不可取。巩老师却独到地注意到了这个问题，提到：无论什么样的技巧，不能为了应用而应用，而是要为中心、主题服务，这是整个写作课的点睛之笔，缺了这句话的引领，作文课再精彩也离畅舒心灵很远，因为形式是为内容服务的。

灵活选取影视作为课程资源、师者再智慧地予以设计、课中老师精彩的点评、学生扎实的口笔训练、关键之处老师的重锤引领，构成了这节课的精彩。如果说少有瑕疵的话，就是学生应该再活跃些，同时续写的时候，要结合题目里的关键之处，在后文中给予照应，异想天开对培养想象能力有好处，但是一些没有意义的续写还是不必要的，比如，原来司机看到了嘴上的一个韭菜花，这虽能掀起波澜，可一笑之后再无品味，真的如此尚且不便入文，况且此处是让学生虚构续写。

三、林老师：常规课堂的扎实训练

林老师原是我的同事，素质非常高，但是和大校的老师同台同题，也有些让人担心，最关键是学苗的起点。可是让人很欣慰，林老师不但操控有度，语言流畅，和学生的交流也恰到好处，尤其是学生的表现非常精彩，不仅配合林老师完成了任务，互相之间的点评也非常精彩，展示在巨幅屏幕上的作文也非常清晰，书写也很有功力，这样的同学竟然不在少数。面对下面听课的成群的专家和老师，林老师和学生们都非常放松，看得出胸有成竹，也看得出林老师这几年的进步，和学校教学的扎实推进。

和其他老师一样，林老师也遵循了作文指导的规律，也就是：明确目标、总结方法、范文配合、片段练习、小组交流、师生讨论、迁移训练，这是作文指导课的规律所在，缺一不可。林老师的作文课在这一点上，一点也不逊色于另两位老师。

文章，经国之大业，不朽之盛事，我的观点是，作文教师要严格遵循写作的规律和思维的规律，首要的前提是要厚淀积累、激发兴趣，写作首先要打开，再进行规范，至于长期的文化积累、艰辛的口耳磨合、深厚的人文底蕴，需要写作者用尽心血去锻造。

向三位老师敬意！

精彩而有效的作文讲评课

陪同市教研员听了我校九年级的一节作文讲评课，效果非常好，很有实效性。这是基于常态化的一节常规课，非常真实，教师没有刻意准备，基本是平时课堂的情境再现，所讲的内容就是前几天区一模考试语文试卷上的命题作文，题目是《舌尖上的记忆》。教师是在对其认真浏览批阅之后进行的一堂的作文讲评课，但是，就在这节常规课当中，却见出了教师不一般的文学功底和教学设计的功力。

1. 设计巧妙，思路清晰。纵观整个课堂的教学流程，教师的思路非常清晰，先是总体介绍了本次作文的整体情况，对存在的优点进行了表扬，同时归纳了共性问题。针对存在的问题，教师不但给出了解决方案，还结合例文进行了案例式分析，并勾连起学生的回忆，将其恰当地迁移到作文讲评中。所以，无论是整个课堂的教学设计，还是课堂教学中亮点的呈现，都非常符合教学思路，波澜起伏且顺畅自然、重点突出。

2. 语言流畅，声情并茂。因为任课教师有非常高的演讲能力，所以整个课堂被贯穿和润色得很有感染力，这种能力用在作文讲评课上，更为关键，尤其是初中生的作文，以情为主，更需要教师结合作文内容及当时的情境进行点染。本节课中，授课教师满怀深情地和学生一起回忆了初二时的情境，令学生非常感动，所达到的效果就是引导学生充分挖掘作文中情感的因素，在人生深度、时代高度、情感厚度上实现立意的突破，此处的设计贴近学生实际，别具匠心，再加上教师富有感染力和文学色彩的语言，所以取得了很好的效果，成为本节课的一大亮点。

3. 课件精美，运用恰当。在课堂设计中，授课教师适当地运用了现代信息技术，比如贯串整节课的课件，还有用照片制成的幻灯片，最精彩的是用了平板电脑和大屏幕同屏互联，将学生的作文及现场修改的文字第一时间用大屏幕展示给全体同学。课件的制作还有一个特点，就是思路清晰，按照思维导图的形式来完成。这样的课件，不再是整个教学设计的附属品，而是非常便于学生进行认知和系统地接收知识，能更好地培养学生的思维能力。

4. 自我体验，恰当引入。在作文讲评的过程中，授课教师恰当地调动了自己的生活体验，将自己的感受传达给了学生。也正是因为这样，教师和学生的距离更近了，教师说出的话语仿佛是从自己内心世界流溢出来的而令学生非常信服；而学生在和教师的交谈中，也充分地调动了自己的回忆，打开了自己的思路。由此可见，文科教学，尤其是语文中的作文教学，教师一定要善于调动教师和学生切身的生活体验，只有这样才能将以文化人引向学生情感的深处。

5. 补充题目，开阔思维。在本次作文课中，学生的作文有个通病，就是选材陈旧。针对这一点，授课教师设置了一个环节，就是把题目“舌尖上的记忆”中的“记忆”两字略去，看还能补充哪些内容。这样一个措施，不但打开了学生的思路，还深化了文章的立意。虽然这样的方法不适用于所有作文题目，但就本次作文来讲，却能起到开阔视野、深化立意、丰富选材的特殊效果，由此足见授课教师的智慧和匠心。这是一个化平凡为神奇的设计，一石激起千层浪，值得其他教师学习。

6. 点拨归纳，恰到好处。作文讲评，重在点评，教师讲解的时机非常关键，不愤不启、不悱不发，教师的点拨和讲授贵在精要，不能啰唆，要讲在当讲处，要三言两语切中要害，还要解决问题。本节课授课教师虽然讲的仍是略多一些，但是都能解决问题，尤其是对学生作文中存在的问题的点拨非常到位，还辅以幻灯片展示；同时还有很多现场的生成，都处理得恰到好处。最近我校进行了研讨课，都很精彩，但是其共性的问题就是教师和学生的对话过于简单，缺乏意义建构、要处点拨和精神流转，这是个大问题，但在本节课中，授课教师这一点做得很好。

7. 修改展示，当堂示范。本节课是作文讲评课，在总结学生作文优劣的同时，授课教师还结合问题进行了方法指导，同时对关键环节当堂进行了修改。这个环节，授课教师是这样设置的，给出方法、例文解读、学生修改、学生展示，这样做，不但提高了课堂效率，而且提高了学生的写作兴趣；同时当堂展示，对其他同学也是一个典型的示范，这样的效果要远远高于学生自主修改。好作文是改出来的，教师指导下的当堂修改，效率会更高，悟性高的同学会举一反三、触类旁通，其他同学也会扎扎实实地学到修改方法。所以，这种针对问题、融合写法指导、现场动笔修改的方式，对学生来说更具有实效性。

这节作文讲评课也给了我们一些启示。

1. 要阐明题目之下的写作意图。作为学生的作文训练，明确目标非常关键，在作文指导课上，教师要做潜移默化地指导和渗透，在作文讲评时，更要针对作文题目，进行认真的分析。本次作文，我感觉具目的应该是：让学生立足生活中的平凡，进行深入的感悟，能挖掘生发出不一般的立意，同时重点对学生进行立意和选材的训练。久而久之，不但会帮助学生养成关注生活、深度感悟的习惯，还能影响甚至改变学生的心智。作文除了交际之外，还能丰富学生的人文素养，提升学生的精神世界。

2. 更多地联系文本，展示优点。对学生进行作文指导，应以鼓励为主，目的是点燃学生的写作兴趣。要通过表扬来激发兴趣、提升信心和水平，教师本身就要具备激励性人格，善于发现学生作文中的优点，哪怕是点滴的光彩。当然，对学生作文中流露出的不健康的、消极的情绪，涉及价值观的问题，教师务必立场严正地给予矫正，丝毫不能含糊，不然会贻害无穷。这里的表扬和激励还有一个特点，就是教师一定要结合学生作文的文本来进行，只要学生写出了真心话，那文章中就一定有闪光的地方，所以教师必须结合文本，善做有心人，发自内心地激发学生的写作兴趣。

3. 更多地设计学生活动。作文讲评，更多的是要揭示学生的思维规律和写作规律。写作指导、下笔行文、作文讲评，其全程都要以学生为主体，尽量让学生多参与，尤其是让学生多多动起来。一般性的学生活动包括：学生读作文、自己谈感想、同学互相评、本人再修改。

写作是一个复杂的过程，而且是一个高度的创造美的复杂的过程，首要前提是教师要激发学生的写作兴趣，作文指导课是点燃兴趣的最佳时机，值得教师们认真研究。当然，要想讲好作文指导课，教师必须要通晓写作知识、有成熟的讲授技巧，有丰富的人文素养和开阔的人文视野，同时教师还要勤于动笔，只有经常写作，善于协作，才能将写作中那种独有的理解和经验传授给学生。

《学会感谢》《品味》作文讲评课教学设计

笔者非常喜欢上作文讲评课，在和学生共同品鉴作文时，师生、生生之间会有一种心灵的交流。笔者总是体会到，学生的很多文字和话语好像是从自己的心底流溢出来；学生也非常喜欢针对自己的文字与老师、同学进行沟通。还想回到学生中间，在课堂上，拿着自己和学生的作文，窗外是一片暖阳。以下是笔者以《学会感谢》《品味》两篇命题和半命题作文为例所做的教学设计。

教学目标：

1．知识和能力目标：通过讲评，培养学生写作命题作文和半命题作文的能力，主要包括中心的确定、材料的选择、结构的安排等方面。

2．过程和方法目标：讲评中以表扬和激励为主，采取自评、互评、师评的形式。

3．情感态度和价值观目标：进一步激发学生的写作兴趣，引导学生善于观察生活，关注社会，反观自我，省察人生。

教学内容和过程：

1．导入：①介绍本次作文的目的；②明确能力培养要求，并谈阅读感受。

“这次作文的目的是培养同学们写作难度较大的命题作文及半命题作文的能力。具体地说，就是培养同学们准确的审题能力、恰切的补题能力，及在构思行文时中心的确定、材料的选择、结构的安排等能力。同时《学会感谢》及《品味》，极具情感色彩和人文气息，所以还要借此次作文使同学们进一步反观自我，关注社会，关注人生。”

2. 总结优点：在批阅了同学们的作文之后，老师非常感动，也很高兴。从大家的文章中，我感到，经过初中三年刻苦勤奋的学习，同学们都厚淀了自己的学养，并且都能认真观察生活，关注社会，反观自我，省察人生。总的来说，同学们本次作文有以下优点。

（1）立意深刻、丰富、新颖，看出同学们在写作时都能认真思考，联系生活，感悟人生。

《学会感谢》：①庄小溪：感谢阳光、母爱；②王晶：立意丰富深刻，思路清晰，意境优美；③邵静：立意丰富，较深刻，但书写毛草；④张涵：立意丰富，感情真挚；⑤林泽：感谢困难。（范读）

（2）结构严谨，思路清晰，能通过恰当的布局谋篇来充分表达自己的思想感情。

《品味》：①王逸飞《品味牵挂》；②祝铭《品味人生》；③庞一鸣《品味悟性》；④徐心彤《品味春天》；⑤王博《品味爱》；⑥张艳芳《品味语文》；⑦赵明明《品味水》（由水谈到人生，万事万物皆可联系人生）；⑧季旭《品味古典诗词》（很有格调，有文化品位，范读结尾两段）。

（3）细节生动，意境优美，看出同学们在平时能自觉地积累生活，积累思想，并具有一定的审美能力。

①郑立纯：联系了很多生活中的细节；②王静；③胡新月；④姚卓：语言优美，结构精巧，立意鲜明（范读）；⑤侯孟寒。

（4）语言流畅，富有文采，能恰当地运用鲜明生动的语言来构织全篇，给人美的享受。

①王晨：语言流畅，进步很大；②王静；③季旭；④王恩莹；⑤纪志文；⑥郑世姣（范读第一、二段）。

（此处教师总结，并指名表扬，择生指读优秀段落）

3. 作文中存在的普遍性问题。

（1）角度过大，观点陈旧；（《品味》中，角度过大，不具体，看出是对文题缺乏深刻的理解和思考）

（2）议论空洞，选材不当；（《学会感谢》中，空洞地议论为什么要感谢）

（3）引例不当，类比欠妥；（例子与中心不符，与事实不符，类比迁移脱离中心）

（4）书写潦草，有错别字。（卷面不整洁，错字严重，祝铭同学题目写错，“味”错写为“位”）

4. 在写作中，感觉还有哪些问题呢？（此处由学生提出，教师归纳成“立意、选材、结构、语言”等方面）

5. 请同学范读作文并介绍心得体会。

（1）请胥姿读作文（从立意、结构的角度品评）；

（2）请侯孟寒读作文（品味其是如何选材的）；

（3）请庄晓曦读作文（重点从结构、语言的角度品评）；

（4）请纪智文读作文（品味其是如何运用语言的）。

归纳：

（1）作文的立意要注意从深度（指人生哲理）与高度（指反映时代风貌）两方面把握好；

（2）作文的选材要注意从细节与意境的优美的角度去把握；

（3）作文的结构应遵照点面结合的原则设计好；

（4）作文的语言要做到形象准确、富有文采。

6. 总结：

（1）课后请传阅优秀同学作文，夏棋、王晶、邵静、张涵、林泽、祝铭、张艳芳、季旭、姚卓、郑世姣；并修改自己的作文；

（2）结语。语随意来，只要同学们的思想情感成熟了，有深度了，语言的表述问题就不大了，而思想、情感来源于对生活的热爱、对自己的反观、对人生的思考。只要同学们不断加强修、治、学，就会形成深刻的思维与独特的审美视角。妙达此旨，始可言文，希望同学们在以后的人生之路上，用心去感受生活，回望深情，守望感动，相信你会领略到更多、更美的人生风景！

附例文两篇。

附一：半命题作文《品味……》例文

品味古典诗词

纪智文（学生）

举一把浓浓郁郁的芙蓉，乘一叶悠悠荡荡的扁舟，望一路疏疏落落的村庄，寻一个隐隐约约的背影，轻轻揣着那份古典的情怀，沿着唐风宋韵悄然走来！

——题记

“唐之诗，宋之词，元之曲，皆谓一代之文学，而后世莫继焉者也。”诗词文化源远流长，水木清华，熠熠生辉，是一朵芳香馥郁的奇葩。它婉丽，柔美，含蓄；它狂放，豪迈，大气；潇洒超逸，回肠荡气。你会不禁陶醉于它的清壮顿挫、清新淡雅之中。它是对时代真实的描摹，既有闺房旖旎婀娜之古典美，也有关塞笳鼓轰鸣的激越美；既写出了无关风月的政治情怀，又宣发了慷慨激昂的爱国壮志。

它是文人墨客真实的写照。李白的诗情和婉醇正，仙风鹤骨；苏轼的词悲壮沉雄，卓然自立；白朴的曲，情韵兼胜，别立一宗。

古诗词，是奇秀清逸的乐章，是凄美缠绵的爱情，是痛断肝肠的思念，是失魂落魄的愁怨。岳飞在风雷激荡的抗金斗争中引吭高歌，饱餐胡虏肉，笑饮匈奴血，郁愤之情贯于纸背；易安在辗转流离的靖康之难中低语诉愁，柔肠愁千缕，几点催花雨，别夫之痛周于身心；李煜在悲伤忧郁的软禁生涯中泣尽绝唱，还似游上苑，花月正春风，亡国之恨萦绕心头……

源于诗词，人面桃花成佳话，醉卧沙场豪气生，千古名篇挥笔就。朦胧中，我看到了杜鹃花开遍的春山，我看到了黄莺唱彻云霄的柳堤，我看到了六桥天竺中缥缈的云烟，我看到了绿水柔波里清丽的人影……脉脉含情的垂柳、怒目圆睁的将军……一切，皆徜徉在古典诗词中

古典诗词，灿若繁星，美不胜收。宋词发妙音于丝竹之中，唐诗运巧思于斧凿之外，真挚淳厚的亲朋旧谊，恬淡静雅的山林野趣，高唱入云的爱国激情，抚今追昔的人生感喟，林林总总，缕述不尽。那感发性灵、动人心弦的诗情，对于丰富精神生活，陶冶情操，激发智力潜能，充实文学素养，提高思想境界，都是大有裨益的。让我们用智慧的头脑与勤劳的双手，让唐诗、宋词在世界文化中独树一帜，大展风采！

附二：命题作文《学会感谢》例文

学会感谢

庄小溪（学生）

繁花用花开一瞬的绚丽回报雨露；千年古木用一世阴凉回报沃土；萤火虫将光芒献给黑夜；清泉用甘甜哺育万物；而人，用生生不息感谢大地的呵护。

感谢风，轻拍春天的面颊。纤手的芳香缠绕梦境的堤岸，柳丝如绮丽的向往，顺着春天的笑靥上升，上升至河流、山川，一个鲜活的生命，在大地上盛开。

感谢阳光，照射着大地，生命从此拥有光泽。无论旭日东升还是夕阳

西下，太阳都慷慨地洒下光芒；即使黑夜，她也将光与热借给明月，继续温暖着沃土。

感谢光阴，一把神奇而无情的雕刻刀，在天地之间创造着种种奇迹。一切生命的繁衍和世界的运动正是他精心指挥着。他能将局势分裂成尘土，把幼苗雕成大树，把荒漠变成城市和园林。当然，他也能使繁华之都衰败成荒凉的废墟。老人额头的皱纹、少女脸上的红晕无不是他的杰作。因为光阴的残酷无情，我们才学会了不舍与珍视。

感谢母亲，慷慨地给予我们生命，并含辛茹苦将这生命灌溉，使它不受丝毫伤害。是母亲，给了我们享受世界的机会；是母亲，第一个教会我们爱，让我们在世界感到第一丝温暖。

感谢万物，感谢神明，感谢这苍茫大地。感谢每一个同类，在这片土地上，生生不息地繁衍，终日忙碌着。因为有了每一个人的陪伴，我们才不显得形单影只，分外孤独。每一次萍水相逢，每一次会心的微笑，每一句真诚的问候，都拉近了心与心的距离，让每个人伸出援手来解危济难。

学会感谢，让爱如阳光普照大地，随风到世界每一个角落！

兴趣、指导、实践——写作成功的三项法宝

写作，或者说是文学创作，是高级的个性化的智力活动，也是一个复杂的创造美的思维和情感的过程，虽然有创作的喜悦，但是过程非常勤苦和艰辛，属于复杂的脑力劳动，这就需要有写作的热情、恰当的方法、长期的实践。作为一个语文教师，进行写作教学时，兴趣、指导、实践是写作教学的第一要务。

写作是复杂的，需要写作者具备所写话题的相关知识储备，不然无从下笔；其次还要具有写作的相关知识，如审题、立意、构思、表达、起草、行文、修改、誊写等技能；同时还要有较高的智力，比如联想、想象、判断、分析、记忆、思维、注意等智力活动；并且，还需要写作者有正确的价值观和健康的情感与心理，还要耐得住青灯暮色的寂寞，这样综合起来，才会写出优美独特的文章。基于这些，很多人望而止步，所以真正能够写成文章的，寥寥无几。

这样艰苦的过程，就需要引导者首先培养写作者的兴趣。这是写作教学的关键所在，那些能写出好文章或是文学上有很高造诣的人，都对写作充满了热爱。

我们都有这样的体会，自己的文章被表扬、肯定了，自己会非常高兴。做学生时，如果老师在课堂上念到了自己的作文，就会期待下一次写作课，期待

下一次课堂的讲评，平时也会用心积累与观察。作文教学的大忌，就是老师认为学生的作文写得一无是处，在讲评时找不到任何优点，老师以为问题找得很到位、很全面，尽到了自己的职责，实际上这样对作文教学有百害而无一利，因为这样愚蠢的做法会打消学生写作的积极性。试想，你的作品写完之后，得到的却是你的领导和同事的再三否定，你还会对写作感兴趣吗？恐怕会避之唯恐不及吧。

所以，激发学生写作兴趣的最好做法，就是找到学生习作中的优点，哪怕是点滴之处，并发自内心地进行赞美和表扬，同时要善于通过点评在公开场合对学生进行肯定。这样的关注对学生来说非常重要。“你行，你写得很好，这句话非常精彩，让老师都非常感动。”这样的溢美之词是必要的，当然，其前提是老师在学生中有威信，或者本身就是写作的行家里手。否则，老师都不受学生的爱戴，写不出像样的文章，再华丽地表扬学生都会被认为是虚美之词，甚至会起到反作用，让学生从心里反感。

对写作者的表扬激励，方式有很多，教师要根据实际情况进行精心设计，最常用的就是在作文讲评课上集中点评表扬；教师还可以用张贴的方式，将学生的作文贴到黑板上，供同学们课下浏览观摩；还可以开展多种文学写作活动，让学生亲身体验，这些都会对学生的写作热情与兴趣产生潜移默化的影响。

当前是信息技术的自媒体时代，我们可以充分利用网络资源对学生进行鼓励和表扬，比如，QQ空间、QQ群、微信群、博客、微博，这些方式方便快捷，影响面广，是教师们大有可为的好方式。

激发了学生的写作兴趣之后，写作教学就算成功一大半了。即使这样，还需要教师认真指导，指出学生作文中存在的问题，并且给予适当的方法辅导。所以，作文的指导非常关键。在作文教学中，有一个非常严重的误区，那就是老师以为讲了很多种写作方法学生就能写出好作文，这些听起来头头是道，实际中却收效甚微，所以，作文的教学的主要精力应该放在思维规律与写作过程的把握上。我们看，写作主要是打开，根据题目的要求，再进行调整和规范，至于积累的功夫，应该放在平时。这样来说可能范围广些，在具体的指导中，可以归纳为立意、选材、结构、语言这四个方面，作文教学或者说是文学创作的所有问题，基本上都可以归纳为这四点，详细内容不再赘述。

至于增添文章的神采，厚淀学生的人文素养，则需要艰辛的手笔磨合、长期的文化积淀、躬亲的采风实践、广博的读书感悟、恰切的情感熏陶、独特的审美情趣，这是需要教师和学生一生去努力和实践的，正所谓为文如做人。

在写作指导中，有一点也是非常关键的，就是要本着表扬激励的原则。教师指出学生习作中的问题时，要以不伤害学生的积极性为前提；同时教师要有广阔的视野和水平，要本着风格只有差异、没有好坏的观点，善于发现学生内在的特殊潜质。对学生习作中存在的问题，教师要用正面的例子来带动。比如，学生在开篇时，入题较慢，可以找几个典范的开头来示范；如果文章的立意不够深刻，那就拿出一些有人生深度、时代高度、生活情趣的文章来影响学生；还有一点需要谨记，就是学生的思维发展和写作的关系，学生的思维不成熟，就不会写出思路清晰、立意深刻的好文章，所以，要把发展学生的智能思维放在首位。主要的途径是读书和观察，贯穿其中的就是思考，这样，学生的思维就会活跃起来，智能就会得到极大的发展，久而久之，写作思维的发展，会改变学生的心智和情感。

激发了学生的写作兴趣、给予了适当的指导，之后更多的就是要引导学生进行写作的实践。想学会游泳，就要多下水；想写好作文，必须躬亲实践。这里有老师的命题作文，也可以叫作同题训练；也可以有学生的自由练笔，集成文集；也可以让学生写日记、周记、读书笔记、阅读心得，还可以让学生利用网络资源，如QQ空间、博客、微信朋友圈来发表自己的文章，方式林林总总。总之，不管怎样，一定要让学生动起来。至于所写的文章，前面提到，除了学生的价值观混乱、价值判断扭曲，这两点教师是不能含糊和容忍的，其余的，教师都要给予激励，至少能拿起笔来写作，就是勇气可嘉、精神有追求了。

写作实践中的互动非常重要，文章除了畅舒心灵外，还有就是用来交流的。二者你中有我、彼此互融，对于刚开始写作来说，互动非常重要；而手笔纯熟之后，当写作已经形成了习惯、当习惯已经内化为品质、成为难得的生命体验和生活的一部分之后，即使没有受到表扬和关注，甚至遭到了打击，也会在心中默默坚持。而具有这样的文章境界的人，其人生境界和人文情怀也会高于一般人，正所谓文如其人。

关于古诗文学习

古诗文，是中华文化宝库中的异彩奇葩，可谓芳香四溢。对学生来说，古诗文的学习，不但能丰富学生的文学素养，还能传承古典文化和中华传统美德，更主要的是能极大地丰富学生的人文素养，培养学生关注社会与历史、关注人生与人性、关注自然和心灵的人生视角，从而心中能充满诗意。正如海德格尔所说，人要诗意地栖息在大地上。因此，古诗文的素养一定要具备。

那么，对于学生，尤其是中学生来讲，学习古诗文，要注意哪些要素呢？

1. 会熟读。中华古诗文朗朗上口，非读不能品其神韵，熟读唐诗三百首，不会作诗也会吟，吟安一个字，捻段数根须，字字看来都是血，十年辛苦不寻常，这些都是学习古诗文的成功经验之谈。作为语文教学法来讲，朗读是第一教学法，也是最主要的方法。这里有一些基本要求，首先是要求读准，读的时候要字正腔圆，颗粒饱满；其次是要注意断句，也就是要架开语势，诗歌一般语言整齐，断句不成问题，主要是能在读准的基础上，找准每句的重音，并以这个逻辑重音为统领，带动全句的上抑或下扬的态势；同时，读诗时要注意长停，根据意义的需要把握好长短、强弱、高低、重音、停顿这些节奏上的要领，更主要的前提是，要能把握好全诗的感情基调，并能和自己的理解达成共鸣，暖之以日月，而百化兴焉。这样的朗读，才是最精彩和感人的。

2. 能默写。作为学生，教材上的古诗是要求必须会写，还要写对，这不仅是教学考试的要求，还是正确理解诗意的前提。写对除了需要必要的技能外，还要求能正确地理解，只有这样，才能消除歧义。书写更能加深理解，如果想进行一下简单的诗歌创作，其正确的经常的书写更是必不可少，而且各种考试对诗歌的考察，都是以默写为主。正确地书写古诗，也是语文的核心能力之一，我们要求的是用正楷字很有速度地美观地书写，这才是培养语文核心竞争力的重要方面，不独古诗文，其他也是这样。

3. 能理解。对古诗会读会写了，还有一个重要的方面就是要理解，实际这方面要和读与写同步进行，不然一会儿谈到的背诵就是死记硬背了。现在网上有一种观点，就是反对背诵，对创造性思维有害。这里是指缺乏理解的死记硬背，鲁迅所言的两脚书橱是也。但是，如果能一边理解一边读写，对学生的理解会有很大的帮助，是极利于思维发展的。学生的生活经验、文化素养、知识底蕴、兴趣爱好、性格习惯都不同，所以，对古诗的理解也就会层次各异，虽然讲诗无达诂，没有确切的定解，但是悟性不同，学生肯定会有不同的阅读理解和感悟收获。这里在调动起学生兴趣的同时，能达到一定的基准即可，上限不可给定。

4. 熟背写。这里包含背诵和默写，上面谈到，这是在会读会写，尤其要在理解的基础上，要求学生会背诵和写作。就语言的学习规律来说，熟读成诵的境界对语言学习最有效果，因其能达到培养语感的目的，很多时候提倡童学启蒙阶段的背诵，就含有死记硬背的戕害、创造性思维的作用，但是，有一部分孩子，禀有天赋，虽然口不能言诗之要义，但是在心灵深处，有一份对真善美的种子，于童声诗韵当中，在冥冥地切合，这实际也是一种理解，而非用语言表达出来，达到俗人所谓的诗之要义的境界。所以，口耳磨合，熟读成诵，勤加思考，用心感悟，才是学诗的理想境界。我们考试当中的理解性默写就是如此。

5. 化想象。诗歌是和想象密不可分的，联想和想象是诗歌飞翔的翅膀，世间万事万物皆可联系人生，各个学科、各种形式，实际都在以自己的方式表达着对世界、对人生的理解。诗歌就是每个人用自己的心灵去感悟世界和人生的一种方式，其特质是“心游万仞、思接八方”，即想象、触类旁通、举一反三、居高临下、左右逢源、就蓝天写白云、击清空奏禅乐，忽如一夜春风来、大珠小珠落玉盘、孤帆远影碧空尽、此时无声胜有声，在默写沉思之际，思绪飞扬，妙不可言。

6. 试写作。在古诗学习到达一定的积累之后，可以尝试着去写作，开始时可能颇感费劲，但坚持一段时间之后，会揣摩到一些奥妙，比如精炼、押韵、整齐、意象，这些奥妙仅能靠自己去体味，别人无法教授。但是写诗最关键的，是要修炼自己有一颗美好的心灵和丰富的情感，这两点才是诗之根本。透过诗歌，我们看到的是作者背后丰富的内心世界和对人生的感悟思考及对所有美好的向往。写诗的过程，既是对外部世界的诗解，也是在建构自己内心世界的精神花园。

古诗教学的多样阅读

笔者听过两节九年级的语文课，讲的都是第一课《关雎》《蒹葭》，两位老师备课都非常充分，材料翔实，课讲得也非常精彩流畅，最难得是做到了以各种形式的读贯穿始终，实现了读、思、研、悟的巧妙结合。就朗读教学的角度来说，两位老师都做到了古诗教学的六种读，即：熟读见意、联读生象、品读感情、精读悟境、研读悟法、美读化文。

1. 熟读见意。按照学生的认知规律和学科的学习规律，学习古诗的第一步当然是要熟读，要求读准字音、掌握字形，因为古诗一般不长，所以即使没有进行分析感悟，也能将其背诵下来，就古诗教学来讲，可以做出这样的要求。在熟读阶段，还要完成两项任务，一是要获得读诗的第一体验，这个非常关键，可以是你最喜欢诗中的哪一句，将其凝成初读体验，并且可以此为突破口，理解全篇，透视主旨；还可以让学生找到哪一句诗不理解，以此展开探究；二是要能初步找到诗眼，初步理解诗的大概意思及主旨所在。其实，这个步骤正是对诗歌的整体感知，要研究诗歌写的是什么。

2. 联读生象。在进一步学习诗歌的过程中，要读懂诗意。虽然诗无达诂，不要求翻译，也不要求做确切的理解，但还是要明白诗句的大意。为了达到这个程度，要求利用相关材料，借助注释和工具书，了解文学文化常识和理解重点字词的含义。在这个层次，在熟读的基础上，不但要理解诗意，还要能将诗中的形象联系起来，既尊重诗歌，还要结合自己的理解，在头脑中生发出自己的形象。这一点很重要，有时理解诗意并不难，难的是将诗中的物象联系起来，形成自己的理解和头脑中的画面。这个生发自己头脑中形象的过程，就是加深理解诗意的过程。

3．品读感情。诗歌主要是表达感情的，所以，要在理解诗意的基础上，进一步走进诗人的感情世界，和其产生深刻的共鸣。这个环节的朗读，要注重朗读节奏和诗意理解的结合。比如，诗中的哪些句子应该读得快一些，哪些句子应该读得慢一些，哪些句子应该读得高一些，哪些句子应该读得低一些。为什么要这样处理呢？请结合诗意和自己的理解阐明原因。这些多种方式的读和思考，实际是在加深对诗歌情感的理解，学生要依据诗意和自己的理解，深入到诗人的情感世界，朗读时节奏的快慢、声音的高低，都和诗人的情感和心境有关，这样就会把朗读和理解结合起来。

4．精读悟境。诗中的意、象、情相结合，正是诗境所在！而此时，需要解读者对诗境进行精读体会，一般的诗境，在诗中都是通过精彩的词语点化而成的。这时的朗读，需要把握两点，一是诗中的关键词语的重读，所谓重读，就是对某个字词做好处理，要语气加重、语音延长。每句诗里都有一个关键词或字，要以此为支点，把握每句诗朗读时的抑扬走向，比如，“两个黄鹂鸣翠柳”，要重读“鸣”字，其他字词随势抑扬即可；还有一点，就是要善于掌握好诗句的停顿，比如，“关关/雎/鸠，在/河/之洲，窈窕/淑女，君子/好逑”，这样的停顿处理，能将诗中意境更加鲜明地凸显出来；同时，还要善于长停，造成意在言外的效果，比如，“不识庐山真面目”，之后，就要停顿一下，给人以思考的空间，之后，再意味深长的读出“只缘身在此山中”，这样就有一种哲理思考的豁然开朗的感觉了。

5．研读品法。很多诗歌，为了增强艺术表现力，使用了很多艺术手法，比如说正面和侧面相结合、情景交融、赋比兴、虚实结合、象征、对比、衬托、用典、渲染等手法，这些表达技巧，需要认真体会，比如《关雎》《蒹葭》两篇，都使用了重章叠唱的写法，起到了一波三折、一咏三叹、回环往复之妙，有力地突出了诗歌的主旨，如要细分，上面提到的几种技巧都有涉及，但是不必面面俱到，只抓住主要的特色重锤重敲即可。此处主要是教师引导，设置问题，学生默读，体味分析，再辅以小组讨论，在研读写法的过程中既有利于自己写作素养的积淀，还有助于对诗歌主旨的理解。

6．美读化文。对于真正的朗读而言，背诵下来，对学生来讲，是朗读的开始。要想真正把诗歌朗读好，主要是要有个性化的解读，可以谓之“美读”。这里所说的朗读，首要的前提是对诗歌内容及情感的理解的同时，引发读者的思想感情运动，即一种非说不可的暖声，暖之以日月，而百化兴焉。同时教师还可以辅助一些朗读录音，配置一些适当的背景音乐，听课时，王老师为《关雎》的个性化朗读配上了《卷珠帘》的音乐，非常好听，和诗歌的基调非常相近，学生们很感兴趣，朗读的效果非常好。

但是诗歌的讲解也应力避一些情形，就是教师只讲只问只说，学生仅听仅答仅背；并且教师的讲和学生的朗读脱节，把应美美地朗读的诗歌课上成了枯燥的讲解课。一定要善于通过多种形式的读，调动学生学习诗歌的积极性，将读思悟研结合起来。

以上仅介绍了诗歌教学的几种读法。熟读、联读、品读、精读、研读、美读，有些说法不一定科学准确，但顺序一般不要颠倒，因为这是和阅读的规律相吻合的，即以写什么、怎么写、为什么这样写的顺序来设计的。虽然还有很多方法，但是还有两点要注意，一是在不熟悉诗歌的时候就要求有感情地朗读，是不合规律的；学生在没有完全理解诗意的时候，就要求他们拓展联想，也是不切实际的。要在朗读中实现培养语感、理解诗意、感悟主旨、个性解读。

诗歌批注式品析教学

在诗歌教学过程中，语言品析是非常重要的。在品味语言的过程中，能实现了解内容、体会意境、涵咏情感、升华内心。结合品析，批注的方法非常实用。

批注式阅读，不是新鲜事物，但是我的批注式教学实践主要是受以前共事的一位教语文的领导的影响，并且在多年的教学实践中一直使用。这种方法不但能很明显地提升学生的能力，还会使教师从烦琐的课业负担中解脱出来。就现在的教学改革来说，在预习中进行批注，更是一个非常好的自主学习模式。

关于批注式赏析法，主要包括注释式批注、段意式批注、设疑式批注、评论式或是感受式批注等方式。

1. 注释式批注。注释式批注方式主要是针对文本中的关键字词和句子来进行的，首先是要对文本有个整体理解，明确文本的中心意思和材料内容；并在此基础上，认真品析关键词句的作用。批注前的对文章的整体感知非常关键，不然在品析词句含义时，会找不准方向，学生也会迷茫；而关键词句怎样表现了文章的中心，其巧妙之处如何突显了文章的特色，是批注时表述的关键所在。

比如，《茅屋为秋风所破歌》一诗，表现了诗人关怀天下、心系苍生的高尚情怀，其人文境界之高，为古今所敬佩。围绕这个中心，去品析“八月秋高风怒号，卷我屋上三重茅”这两句，可以抓住“怒”和“卷”两个字。这两个字用拟人的手法，突出了秋风之大，为后文写秋风破屋做铺垫，也与诗人的高远情怀做对比。

再如，“唇焦口燥呼不得，归来倚杖自叹息”，可以抓住“呼”和“倚”两个字。这两个字写出了诗人的百般无奈和老态龙钟，但即使如此穷困潦倒，诗人还是没有想着自己，而是关心乱世中所有的读书人，令人动容。

还如，“安得广厦千万间，大庇天下寒士俱欢颜，风雨不动安如山”几句，写出了诗人的美好愿望，很令人向往和高兴。但仅如此还不足为奇，又进一步，诗人写到了“呜呼，何时眼前突兀见此屋，吾庐独破受冻死亦足”，这几句才真正显示出作者的高远情怀。

2. 段意式批注。这种方法主要是概括每部分的大意，作用在于进一步理清文本的思路，能更进一步地把握和了解文本的主旨。

上篇文章已经谈到，《茅屋为秋风所破歌》全诗可以分为四个层次，主要包括“秋风破屋、群童欺我、夜雨难眠、美好愿望”，在概括原诗的时候，最好用原诗中的词语来进行，因为这样最能实现缘文悟道，有些文本的某些部分没有明显的含义，不用概括，而有些一个部分里还包括很多层次，也可详细再分。

3. 设疑式批注。这种批注方法在文字表述上最为简单，就是把在阅读文本中出现的问题凝成文字，可难点在于：所提出的问题要真正有价值。经过一般思考的问题，可以解决的，不必写出；而那些真正立足文本、需要进行个性化理解的问题，并需要向老师求教或是借助全班同学的智慧加以解决的问题，才可以提出来。

《茅屋为秋风所破歌》中，写到了群童顽皮抱茅不归，有的同学就提到了：为什么孩子们会这么顽皮呢？这里教师就要交代当时的背景：安史之乱后，盛唐迅速衰败，以致世风日下，童稚竟也如此。写到了屋漏偏逢连夜雨的艰苦生活，有的同学会问：这样写杜甫的艰苦生活，用意是什么呢？突出作者的窘境，还是为了和后文的高远家国情怀对比？古人云，穷则独善其身，达则兼济天下，但是杜甫却能做到时时心忧天下，真可谓诗圣。

设疑的目的，也是为了引发思考，进一步理解文章的中心，同时引发自己对文本特色的探究和个性化解读。

4．评论式批注。评论式批注，也可以叫作感受式批注，针对文章的内容和写法，或是文章精彩的地方，引起了自己的强烈共鸣，这样就可以把它写下来。虽然不是拘泥于文本的字词，但是这种情感的共鸣或是思维的闪光，是最为可贵的人文光芒，稍纵即逝，所以要及时记录下来。

诗歌的第一层，写的是秋风破屋，此处如能感受到远古时代的大野秋风漫天卷地而来，就可以把诗中那种旷远的感觉写下来；第二层，面对老病的杜甫，自己也会有种种无奈，自己也会深感叹息吧；及至第三层，写到了夜雨难眠、屋漏无干的窘境，这种苦情伴着前面的无奈，就会升腾起一种悲秋的情绪；可贵之处在于，诗人笔锋一转，没有为自己的不平而悲鸣，反而想起了天下其他的读书人，这样的鲜明对比，正是感人所在。此处还可以引申，诗歌分为几个境界，一是写人性的，二是关注生活的，而关怀天下、心系苍生，才是最高的人文境界。一般学诗，先学王维，感其情景交融；其次学杜甫，钟其叙事及高远的家国境界，非一般的小文人所能比；第三才学李白，量其不羁天才。同时，诗中还运用了对比、衬托、白描等多种表现手法，都可以做评论。

几种批注的方式，开始时教师可以做示范，并提出具体要求，比如，注释式批注要写在文本的两边，段意式批注要写在文本的段末，设疑式批注要写在文本的问题处，感受式批注或是评论式批注要写在文本的上下，等熟练之后，可以灵活变通，随意写在哪里都可以。

还有一点就是学生要放开，大胆地去写，不要拘束，只有深入文本，放开思维，才可以达到理解文章、开发思维、训练写作的目的。同时有些细节问题不要忽略，比如，批注的字要工整，字体要小于原文，可以用不同颜色的笔来写等。

批注式赏析经过示范之后，对一些好的例子要加以表扬，这样学生很快就会进入状态。这种方式，对现代文阅读更加实用，可以在预习时使用，也可结合文本的特点进行主题式批注。比如《最后一课》，可以让学生批注细节描写；《故乡》《范进中举》，可以让学生结合文本批注对比的写法，效果非常明显。还有一些其他的用途，有待在教学中灵活运用。

我们从古典名著中学习什么

笔者听过一节九年级的语文课，授课教师姓王。

课堂分为两部分内容，后面讲的是《醉翁亭记》，而前半节课，老师和同学共同概括了《红楼梦》的第45回至第52回，采取的方式是先由学生概括情节，在幻灯片上打出，之后由同学朗读。配合着学生的整理，老师同步在黑板上板书出现的人物及关键情节。在学生讲后，老师把这七回的内容做了一个精彩的贯串，同时强调了“刘姥姥二进大观园”及“香菱学诗”这两回，要求学生必看，并且老师结合《秋窗风雨夕》强调了红楼诗词为表现人物性格服务、为推动情节发展服务的独特艺术性，因为王老师素质极高，所以不但概括了情节，而且突出了重点，同时为丰富学生的文学素养进行了铺垫。

这节课引起了我对古典名著教学的思考：究竟要从古典名著中学什么？在现代有一个著名的课程理论流派，叫作要素主义课程流派，主要强调各学科要以名著为教材，因为其中有永恒的人性、道义与真理，我感觉很有道理。有一位语文名师，抛开教材，专讲《红楼梦》，学生的语文素养仍然非常高，考试成绩也不低。就语文教学来讲，我认为名著教学，尤其是初中阶段四大古典名著的教学，应该有以下几个方面的功效，或者说是要实现如下的阅读目标。

1. 学历史，知得失。四大名著，实际都涉及一段古代历史，或者说都是借一段历史对人生或者社会进行深刻的反思和感悟，如，《三国演义》给后代留下的是“天下大事，合久必分，分久必合”的一种历史慨叹；《红楼梦》是立足人性对整个封建社会历史所做的深刻反思；《西游记》是立足唐朝玄奘和尚取经而改编的；《水浒传》也是真有其人其事。尽管小说都是三分史实、七分虚构，但是我们还是能看到当时的历史事件的风云变幻，这对我们有着深刻的启示。

2. 知人事，见性情。四大名著反映了广阔的社会生活，即使是有些神怪，也能看出其在影射当时的社会现象。正如《红楼梦》所言，“世故洞明皆学问，人情练达即文章”，里面不但有广阔的生活画面，还有生动鲜明的人物形象，同时能见出其难得的江湖义气、君臣大义、美好爱情，非常鲜明地体现了人类种种最美好的情感，具有打动人心、引起共鸣的力量。

3. 观风俗，美情怀。名著当中，不是仅有政治、宗教的种种生活，更有古代社会非常淳朴的风情画卷，让我们看到了先祖的生活图景。民俗和文学传统息息相关，我们看到了民族的传统，文学就是人学，文学的传统就是民族的传统，文学的发展对人的性格的形成也起着至关重要的作用，这些优秀的传统更为完美，文学不仅表现人性、表现现实生活，同时最高的人文素养就是关怀天下、心系苍生。

4. 美教化，厚人伦。古典名著里的内容很丰厚，就像刚才所讲的，对民族性格的形成有着重要的作用；同时，里面虽有些反封建的意识，但是作品里的爱国爱家、重亲重孝的情感，以及对故土的怀恋和对家园的眷顾，尤其是对真善美和假恶丑的明辨，让我们看到了浓厚的伦理情味，还有人伦亲情和宗国之爱。就连《西游记》里的唐僧去西天取经时，作者还借唐太宗之口，说出了“宁恋故乡一捻土，莫念他乡万辆金”，这些都深深地影响着后人。

5. 韵古风，成语感。四大名著都可以算是诗化的小说，不仅内容里包含着大量的诗词曲赋，就是那些半文半白的叙述语言，也有着鲜明的节奏。整体来看，我认为诗词质量最高的是《水浒传》，之所以没算《红楼梦》，是因为里面有些诗词是为人物的个性服务的。正如王老师所讲，《红楼梦》中的诗词，一是为表现人物性格的，另一个是为了推动情节发展的。而我们鉴赏诗词，有时候要单就诗词的质量而言。并且四大名著中的诗词各有特点，《水浒传》中的诗词充满侠义之气，豪放洒脱；《三国演义》中的诗词则深沉厚重，仿佛在历史深处有着深远的回响；《西游记》中的诗词则是禅机曼妙，仙气十足；至于《红楼梦》中的诗词最为全面，在无限感喟之余充满不禁的浩叹。读名著时，我们感受到的是悠悠纯凉的古风。不管哪部名著，如果读者能深入其中反复诵读吟咏品味，对培养语感、提高语言表达能力都是极有好处的，经过名著陶冶出来的语言，将是浓郁的老卤，有滋有味。

6．养仁义，开未来。阅读名著的意义，还在于对未来的开拓，几部名著都具有永恒的意义，这也是其成为经典的重要原因，这些对现代人的发展也有着极为重要的作用，比如，《西游记》中的安心定性，《三国演义》中的忠勇智慧，《水浒传》中的江湖义气，《红楼梦》中的永恒人性，直至现在乃至将来，都具有打动人心的恒久的艺术魅力。丢失了这些传统，会对民族文化的传承产生致命的影响。

7．学写法，厚素养。作为学生，在汲取四大名著丰富思想内涵的同时，还要善于向名著学习其非常高超的写作技巧方法。每部名著都超百万字，其宏大叙事的完整结构，达到了令人目眩神迷的程度；同时其象征、对比、衬托的写法，都恰到好处点染其中；名著当中运用语言的技巧也炉火纯青，并且其包含了中国古典文学各种体制的所有精华，这些都是学生取之不尽、用之不竭的可贵财富，不但能学到写作技巧，而且每部名著都能常读常新，读后都会有不同的崭新收获，会使学生在写作和思想上都上一个崭新的台阶。

8．去糟粕，取精华。当然在四大名著的阅读过程当中，我们也一定要采取“取其精华，去其糟粕”的原则，尤其是其中有一些内容确实不适合学生阅读，有些内容尤其是思想方面的，由于年代非常久远，学生也不能够理解，甚至里面有一些血腥、暴力及色情的描写，都会对学生产生消极影响。这就需要教师去引导，帮助学生把名著中的精华发掘出来，同时由于时代的原因及阶级的立场和偏见，教师要给予适当的指导，不要误导学生。如有的学生沉迷于《红楼梦》，会被里面的消极情绪所感染，而俗语所讲的“老不看三国，少不看西游”，也是有一定道理的。

阅读名著的意义前面已经分别阐述了，在实际的阅读当中，教师一定要善于激发学生的阅读兴趣，并采取课上汇报布置、课下利用时间的原则，制订读书计划，有步骤有效率地实施名著阅读，采取读书汇报与交流、专家引领与解读、影视作品辅引的方式，有效地促进名著阅读。

文言文教学的教法学法化研究

今天听了两节语文课，巧的是七年级讲的是郦道元的《三峡》，而九年级复习的也是《三峡》，两位老师都非常准确地把握了文言文教学最重要的关键之处，尤其是在昨天的语文教研组会上，各位老师结合教学实际对教法学法化进行了认真的研究，都做了精彩的发言。今天两位语文老师的课堂教学中，对文言文教学方法都有深入的探究和成熟的设计，是对教法学法化的深入思考和具体再现。

一般来说，文言文的学法，要包括以下七个方面。

1．审题辨体。文言文可分为多种题材，犹如树之粗细疏密、人之高矮胖瘦，《三峡》就是一篇典型的游记散文，以写景为主，在分析内容之前要进行辨别体裁，为深入学习打好基础，同时不同文体的文章的学法也不相同。

2．了解作者。每篇文章都是作者在不同时期经历和心情的反映，读其文，要知其人，因为文如其人。郦道元不但是一位地理学家、散文家，还是一位政治家，为政严猛，可最后也是因为得罪了仇人，被困山上活活渴死，死时睚眦尽裂，令仇家胆寒。所以，我们看，在对三峡的美丽风光进行描写时，在秋之凄凉中，也看出了作者人生的一种悲剧性因素，尤其是写到“巴东三峡巫峡长，猿鸣三声泪沾裳”，更是让人感到了彻骨的凄寒，所以文言文学习中，了解作者的往事，不但有利于对文章的认知理解，而且能开阔学生的视野，厚淀学生的文学素养和人生体验。

3. 读文识字。文言文的教学，必须要有读文识字的环节，可能学生课前已经会读文章了，有的甚至能背诵了，即使这样，也要逐字逐句地对文章进行识别，因为在老师和学生共同识读文章的过程中，会触及文章的敏感点和中心点。一般来说，学生在课堂上要接触五遍文章以后，才能进行深层次的学习。第一遍是自己初读，第二遍是听录音正音正字，第三遍、第四遍是学生自己出声朗读，第五遍是学生齐读，这样之后，才能进入具体分析环节。不熟悉课文就要求有感情地进行朗读，没理解内容就进行鉴赏，是违背学习规律的行为。

4. 疏通文意。对文意的理解非常关键，是进一步深化文章的基础，也是训练和发展学生思维的良好契机，同时中考最新题型也增加了一道翻译的试题，此举和高考进行了接轨。任课教师正好可以借此机会对学生进行强化训练。疏通文意的方式一般是：老师先强调重点词语和特殊句式，之后由学生进行翻译；学生自译之后，提出存在的问题，由老师或是学生给予回答；最后，老师指定两名同学，一人读原文，一人翻译，这个过程可以全面提高学生的思维能力。可以翻译几次，也可以让学生及时补充，总之，要使此环节成为文言文学习的基础环节。

5. 探究主旨。实际对文章主旨的探究，在审题辨体时就应该有所倾向了，在了解作者时就应该进行渗透了，在读文识字时就应该因文解意了，尤其是在疏通文意时就应该预设问题了，介入的环节应该是在一生读文一生翻译之前。一般要翻译几次，教师可以结合文章的内容和特色，在学生翻译之前设置具体的问题。文言文的探究主旨一定要讲究缘文而来，不能望文取义，要做到无一字无根据，处处有原文的依据。

6. 划分层次。这一点说来有些机械，其主要意图就是理清文章思路，有些文章思路清晰的，老师围绕文章内容设置几个问题即可，学生围绕问题进行探究，这样疑解则文通。此环节视文章的不同情况而定。

7. 熟读成诵。这个环节是深层吸纳文言文营养、培养语感的重要渠道，就是学生自己都不知道什么时候背下来了，这样的揣摩对学生的语文学习来讲是最重要的。当然，其前提是理解，而不能死记硬背。老师要高度重视此环节。

以上学习步骤，老师在课堂上予以巧妙变化，和自己的教学方法相契合，就构成了文言文典型的教法学法化的操作方式。

现代文教学的教法学法化研究

上文提到了文言文教学的教法学法化研究，其实，无论是教学方法还是学习方法，都能经过实践建构出一定的模式，模式里也一定有理论支撑之下的实践范式，只要老师不拘泥、不模式化即可，这些只是教学或是学习中的基本要素，在课堂中可以根据学情和实际情况灵活运用。正所谓学习有法、但无定法，条条大路通罗马。

在教法学法化的研究中，有一点非常关键，就是要基于学生的学习规律和学科的认知规律，这是决定学习方法的关键。如果文章的解读忽视了学生的认知规律，不考虑学生的兴趣点、敏感点，以成人的视角代替学生去解读文本，必将使教学设计显得大而无当。

所以，从学生的兴趣出发，考虑学生的认知和心理，是对学生的一种人文关怀，是从学生角度进行的一种目标放低和重建。学科的学习规律也是非常重要的，在前天的教研组会上，语文老师们结合朱自清的《背影》谈到了教法学法化的研究。就此，我想到了现代文的学法研究。

不仅是现代文，包括其他文体的阅读都是这样，基本的阅读规律就是从三个层面研究文章，即“写什么、怎么写、为什么这么写”。

首先，是对文章进行整体感知，探究文章的材料和中心主旨，方式是略读、跳读、猜读，对文章进行整体感知。比如，学习《背影》这篇文章，要首先对文章的中心进行感知，我们知道文章是写父爱的；文章的情节也较简单，主要写了父亲送“我”回校时买橘子的一个情景。经过提炼，文章的内容还可以概括成“5．4．3．2．1”，5即全文写了父亲送别时的五句话，如“我走了，到那边来信”“我去吧，他们去不好”，质朴，却充满深情；4即写了4次背影，开头和结尾是虚写，中间是实写；3即三次流泪，想念祖母，望父背影、泪眼回忆；2即两次聪明，充满了深深自责；1是结尾的一生长叹，岁月的无情、生命的无常，都体现在其中。

以上是阅读的第一层次，解决了文章写什么的问题，当然，包括下面也是，之前老师要创设情境，要精心地设计贴近文本的问题，而不是普泛地提不起学生兴趣地提问。

阅读的第二方面，就是要研究文章是怎么写的，包括文章的思路、人称、顺序、语言、修辞、写作特点、表达方式等，比如，《背影》中，开篇用的是倒叙，是第一人称，记叙中用了多种描写方式，同时用了点面结合的手法，比如前面对祖母去世、父亲失业的交代，后文中用了六百多字对买橘子的情景，尤其是父亲的背影进行了描写。研究文章怎样写，用的是研读的方式，对文章进行分析解剖，主要解决的是文章的形式问题。

阅读的第三层次，是研究文章为什么这样写，主要是研究文章的形式对表达所起的作用。此处不必面面俱到，抓住文章的特色即可，《背影》中，抓住题目、倒叙、描写即可。

文章用“背影”做题目，不但和父爱的色彩很相似，体现了父爱的深沉、含蓄、博大，同时暗合了文章的感情基调，用来形容父爱是再恰当不过的了；文章中的倒叙，写出了对父亲的思念无法抑制，所以直抒胸臆：“我与父亲不相见已二年余了，我最不能忘记的是他的背影”，年纪越大，越能体会到这句话的深情；同时，文中点面结合的手法，通过细节透出深沉的父爱，运用得也非常经典，极为纯熟。

同时文章还有一个特色，就是暗含在文章中特有的节奏，就我的体会，有三处：一是写家庭的变故，二是写父亲送“我”，三是写“我”思念父亲，每处都涌动着“我”对父亲的想念之情。我们还会想到，在那样一个时代，父亲在自身不保、晚境颓唐、世事浩茫、奔波劳碌当中，还一心惦记着自己的孩子，父爱显得更加真挚厚重。这种写法，恰有一波三折、一咏三叹、回环往复之妙。

在那天的语文研讨会上，老师们有一个观点非常重要，就是在研究学法时，老师务必获得属于自己的情感体验。《背影》虽然是传统名篇，可是常读常新。就我来讲，就深有这样的体会，做学生时，感觉这篇文章语言平淡，远不及那时所学的《白杨礼赞》《菜园小记》《井冈翠竹》《荔枝蜜》等篇目；刚参加工作时，讲过这篇文章的公开课，有些孩子谈到了自己的父亲，流泪了，让我为之心动；等到父亲老了，再讲这篇文章时，心里总有一种特殊的感觉，总会不自觉地想到自己父亲的背影；等到父亲去世了，在接触到这篇文章，竟然有些不敢触碰，在讲这篇文章时，一切仿佛变得简单，自然得仿佛在和学生谈心，在回忆父辈；而此时，学生的听课状态竟然非常好，都仿佛看到了自己的老父亲。所以，老师一定要带着自己的情感体验来温润作品，那时，你的课堂才能真正具有独特的吸引力。

综上所述，按照“写什么、怎么写、为什么这样写”的阅读规律，可以归纳出现代文（纪实散文）的阅读方法。

1. 看题目。这是阅读文章的第一印象，同时要联系题目看文章的开头是如何写的，这样往往能理清文章的思路。

2. 找材料。现代文中，尤其是纪实散文，其人、事、景、情，构成了文章的内容，要认真地进行圈点、勾画、批注。

3. 探中心。要根据文章的内容，生发出自己的感受，再反复阅读，结合自己的初读体验和读后再体验，深层次地体会作者的思想和情感。

4. 划结构。以上三步研究文章写什么，接下来要研究文章怎样写，首要的是理清文章的思路，这是深层次把握文章和理解主旨的一个前提。

5. 理顺序。这也是在研究文章怎样写，主要目的还是在理解文章的思路，除了文章的顺序，还包括内部重点段落的逻辑顺序。

6. 品语言。这是非常富有学科特色的一部分，包括研究文章的写作手法、表达方式。初中阶段重点是各种修辞方法和描写及象征、对比、衬托的手法。

7. 悟特色。就全文来看，不必所有的地方都进行涉及，有特色的东西是文章的精华，老师要认真设计，精讲精悟，让学生就此而有所得。

教法基于学法的教法学法化研究，一定要灵活应用，不可拘泥，这样必将焕发出生命力；而模式化的弊端，将使课堂教学走入僵化的误区。

关于议论文阅读的教法学法化探究

议论性的文章，逻辑性非常强，在阅读中，首先需要读者能将其读懂，这需要一定的理解能力，同时这种文体的阅读对学生的思维能力的发展也是很有好处的。初中阶段有两篇典型的议论文，一篇是孟子的《鱼我所欲也》，另一篇是吴晗的现代文《谈骨气》。前一篇至今还在保留，《谈骨气》却被删去好多年了，但是很多人对其印象却非常深。

《谈骨气》是一篇非常典型的议论文，可以归纳出很多议论文的阅读方法和写作方法。文章作者是吴晗，写于20世纪60年代，当时新中国遭到了当时帝国主义的封锁，帝国主义妄图将新中国扼杀在摇篮里，但是中国人民没有屈服，自力更生，艰苦奋斗。那段历史，我没有亲历，可是通过父亲、母亲的回忆中，我却知道那时物质条件虽然艰苦困难，可是人们的精神世界是乐观的、纯洁的。《谈骨气》这篇文章就充分洋溢着这种难得的气息。

对于初中生，学习这篇文章，先要了解议论文的相关知识，比如“论点、论据、论证”；同时，在学习的过程中，还要结合文章的内容明确：论点常在文中的什么位置，常用什么句式来表达；论据的类别有哪些，如何做到典型、统一、概括，并且要通过叙议结合，使例子加分析的思维指向论点；常用的论证方法有哪些，如何恰当地运用形象化说理，议论文的总分总结构怎样在文中得到应用。

议论文的阅读，也要遵循“写什么、怎么写、为什么这样写”的规律，由此，我们可以概括出议论文的阅读方法。

1．看论题。一般来讲，议论文的题目，或者是揭示论题，或者直接点明论点，或者是关涉主题。题目中带有“议……”“论……”“浅析……”“……之我见”的，都属于议论文，所以，要提示学生特别注重文章题目，由此得到信息，这样会对理解文章有很大帮助。“谈骨气”这个题目，就鲜明地体现了文章的体裁和所议论的对象，非常典型。

2．找论点。文章的论点一般位于文章的重要位置，在文章的开头或是结尾，有很多文章的标题就是中心论点，一般所用的句式是“……是……”，或是“……不是……”。一般第一遍阅读文章，读者的核心任务就是找到中心论点，其他一切活动都要围绕对论点的理解展开；《谈骨气》一文的论点很好找，文章开篇的第一句话就旗帜鲜明、毫不含糊地提出了观点，即：我们中国人是有骨气的。这也是最鲜明典型的写法。

3．提论据。议论文的论据有事实论据和理论论据，其中事实论据是不可缺少的，是构成议论文的主体。《谈骨气》一文涉及文天祥拒绝降元、穷人不食嗟来之食、闻一多被暗杀三个例子，分别代表了士大夫、平民百姓、知识分子，都很典型；理论论据包括孟子说的话及毛主席对闻一多的评价，和事实论据结合在了一起。

以上三个方面，是研究文章写什么的问题，即突出了文章的中心和材料，解决了论点和论据的问题。

4．划结构。议论文的结构非常富有规律性，都会分成提出论点、证明论点、归纳论点三个部分，前后不可颠倒，逻辑链条严谨。《谈骨气》一文更是经典，即文章不仅可以分成三大部分，在证明论点部分还可以分出三个例子，这样就构成了议论文写作的一个特有结构，“三大三小式”，三大是固定的，三小却可以灵活多变，学生在阅读文章之后很容易就能分出文章的层次。

5．辨方式。议论文分为立论和驳论两大方式。《谈骨气》一文是立论，论点采用肯定的方式提出，驳论是批判反对的。在此处可对文章的背景进行评论，作者为什么要鲜明地指出“中国人自古以来就是有骨气的呢”，所以，在此处可以交代开头所提到的背景，不但实际恰当，而且能辅助对中心的理解。

6. 析证法。本文涉及的论证方法是举例论证和道理论证，道理论证比较明显，包括了孟子的话和毛主席的话；举例论证包括三个方面，也就是文天祥、穷人和闻一多的事例，此处要和学生反复分析的是对论据的处理。在议论文中，最主要的不是论点和论据，而是对论据的分析，论据要指向论点，这是写作者的功夫所在，所以，议论文段落内部的结构主要就是“例证加分析”。看似简单，实际需要作者有很深的逻辑思维能力。

7. 学语言。议论文的语言要逻辑严谨，同时要有气势，要高屋建瓴、气势磅礴、音调铿锵、一字千钧，此处涉及议论文的朗读，要在朗读的过程中品味语言。

以上的划结构、辨方式、析证法、学语言，都是研究文章怎样写的问题，同时，在分析时，可巧妙地研究文章为什么这样写。

借助《谈骨气》的学习，可以感悟到议论文的阅读方法；而借助本文，也可以概括出议论文的写作方法，比如前面提到的三大三小式、例证加分析，就是议论文写作的基本方法。所以，充分挖掘，《谈骨气》一文可以作为读写训练的范本和例子，可以有很多收获。

初中的文言文篇目，有一篇叫作《鱼我所欲也》，思想、内容和形式都非常好，只不过文章过难，所以中考中没有考过。《鱼我所欲也》不仅结构非常典型，而且包括了常用的四种论证方法，包括举例论证、道理论证、比喻论证和对比论证。但是奇怪的是，老师即使讲完了，学生也能做题了，但是翻译起来，尤其是理解贯串文章的思路，却非常难。这既因为文章本身的深度，也因为学生的形式运思还处在不太成熟的阶段，所以，老师要充分借助议论文的阅读和写作来发展学生的思维。

以问题为导引，丰富教法学法化的内涵

笔者曾有幸听过一堂《桃花源记》研讨课，任课教师姓周。整个课堂富有新意和深度，很具有研讨价值。周老师素质极高，文学积累深厚，人文视野开阔，教学经验丰富，语文见解独到，语言干脆利落，板书逸美大气，具备了最优秀教师的可贵潜质。这节研讨课对于引领我校的语文教学、丰富语文学科“五化”课堂的构建，具有重要的作用，尤其是周老师做到了以问题为导引，创新丰富了教法学法化的内涵，很值得我们学习。

1. 关于学案的使用。在教学过程中，怎样使用导学案，是我们要进一步研究的问题。周老师对导学案的使用颇有见地，对当前导学案使用的一些争议性问题给予了正面的回答。导学案作为学生自主学习的载体，在教学过程中起着不可忽视的作用，可是在有些地方却推行不下去，最后不了了之。尤其有一股否定导学案的声音，甚至说杜郎口也不再实行导学案了，因此更加印证了导学案效果不行。我们仔细分析，目前流行这种说法有这样几点原因。

一是对导学案的使用不当。

我们讲不要过分夸大导学案的作用，导学案只不过是学生自学的范本，如果把导学案当作语文学习的全部，在课堂上只使用导学案，那充满生命和灵动的课堂就会变得僵化，语文教师所追求的语文味道到也会尽失，语文课就会变成机械呆板的习题讲评课，富有生机和活力的语文课堂就会变成一堆枯枝败叶。

所以，我们对导学案的定位，就是导学案只不过是学生进行预习的一种自学的范本，在学生课前预习之后，在上课之前，老师要把导学案收上来，做一下浏览式批注，经此了解学生的自学情况，对学生感兴趣的地方或是存在的主要问题要了然于胸，以便调整课堂教学的重点和教学的方式方法，让课堂更加有效；再经过对学生的预习问题进行归类之后，教师引导学生对问题进行讨论，这样学生已经会的不讲，讲的是重点、难点、疑点和兴趣点。通过学生的讨论、完善，将教学与重心相连接，再加上老师深入到位的点评，这样整个课堂就会鲜活起来。

二是学案和教案没有有机结合起来。

在用了导学案之后，同步的还要有教案与之相配套。有些课堂，使用导学案之后就不再用教案，这实际上和上面犯了同样的错误，就是把教学等同于做学案的习题。教师要对整个教学过程进行统筹规划，包括课上与课下，导学案的使用也是其中的一部分，预习时要用到导学案的哪部分，导学案要怎样同步配合课堂上的新知讲授，在课下怎样利用导学案进行拓展延伸，这些都要在教案里做统一规划，缺少了教案，不但学案的使用效果会受到影响，同时整个教学过程会陷入混乱。

三是学案在一定的时候可以被习惯或是微课等形式所代替。杜郎口不再使用导学案了，不是因为导学出了问题，而是因为学生已经形成了自学的习惯，有一套立足学科的学习方法，并且这种方法已经成为学生的习惯，而当习惯内化为学生的品质的时候，就可以不再使用纸质的导学案了；再者，随着教育信息化手段的更新，学习的方式肯定会发生重大变化。前一阶段我们会感到陌生，但是现在对微课、慕课、翻转课堂已经耳熟能详，这些形式都和导学案的性质是一样的，只不过呈现方式不同。就此来讲，现在只是个开头，我们会预见信息技术的更新必将给我们的教学方式带来革命性的变化和极为深远的影响。

讨论了这些后，我们对导学案的使用已经比较清楚了。本节课，周老师的一大特色是在课堂时间利用导学案，之后当堂进行训练，这样更是提高效率的有效使用方式。

2. 以问题为导引，激活课堂。本节课一个突出的亮点，就是老师设计了系列问题来对学生进行导引，有效地激活了课堂。教师要善于设计系列问题，就是在教学的过程中，要手持思问双璧，智者善思、愚者善问。

但是，关于系列问题设计，要注意几点。

一是要善于化繁为简，聚散为整，课堂环节设计得多而杂，是教学的大忌，这样效果不会明显；由此，课堂的问题设计也不要多，不然教师带着烦琐的问题带领学生云里雾里地兜圈子，表面看起来热热闹闹，但是学生没有围绕文本进行系统思考，所以思维品质和能力都不会得到发展。

二是要善于激活学生的思维，好的问题，不但有利于深入解读文本，还要能激活学生的思维，深入到文本的核心。比如上面提到的，在预习时就出示问题，学生带着问题去思考，之后教师结合学生思维的兴趣点、易错点和盲点来进行思考，这样针对性强、课堂效率也会高。在激活学生思维的时候，教师要有一个把握，就是不管学生提出什么样的问题，教师都要能够恰当引导妥善处理，这就需要教师有极强的驾驭教材的能力，也要有极强的处理突发事件的教育机智。

三是要把问题设置和咬文嚼字结合起来，讨论问题，当然要发展学生的思维能力，这是一个首要的前提，但是还有一个核心就是不要脱离语文课堂。我们感觉教师在问题教学当中，要始终围绕品词析句来进行，这已是现在语文教学的特色之一。

这一点周老师做得非常精彩。在讨论桃花源美景作用的时候，周老师给出了三个词语，即“优美”“幽美”“悠美”，虽然这三个词语读音相同，但是含义差别甚大。周老师引导学生结合文本进行了细致的分析，让学生在咬文嚼字、品词析句中明白了文意，积累了语感。几次语文课中，周老师这一点处理得都非常好，立足文本无一字无根据，既理解了情感，又融汇了语言，还培养了学生缜密细致的思维能力，值得我们学习。

以上只是针对周老师在教法学法化上的实践进行了分析，当然教师们在进行课堂研讨时还提到了对管理生态化的疑问，这一点在周老师的课堂上也有体现，将在以后的文章中进一步探讨。

教材研读

——以苏轼《水调歌头·中秋》为例

教材是实施教学的主要载体，对其研读与使用是实现教学目标的重要途径。在备课时，要对教材进行仔细研读，一般来讲，教师要经过一般读者、文本作者、教材编者、所教学生、回归教师五个角色与层次的教材研读，方能完成有效施教。

1．从一般读者的角度阅读文本，获得第一体验。教师拿到文本以后，如果直接借助参考书参照别人的视角解读教材，或者直接找寻标准答案，那么就会走入盲从和僵化的误区，丧失了与文本直接对话的机会，课堂教学就会变成机械传授知识的场所而失去灵动性。而如果教师以一般读者的身份去阅读文本，重在走进文本中的情节和意境，注重学习文本的第一体验，注重获得内心感受，那么在和学生交流的时候，一切仿佛是从教师的内心流溢出来，学生会自然地亲近教师，从而为深层次的灵活沟通奠定基础。这个第一感受和体验不要拘束，甚至可以说要随性而来，因为这样的第一感受能直指中心，借此深化下去，往往能透支全篇。苏轼的《水调歌头》，笔者阅读之后，最感兴趣的是"把酒问青天""轻舞弄清影""但愿人长久"几处。"把酒问青天"，宇宙极大和人之极小形成鲜明对比，有一种幽眇的哲思；"起舞弄清影"句，传达出了词人酒后孤独寂寞的苦闷心情；"但愿人长久"句，词人开阔的胸襟美好的祝愿跃然纸上，令人感到无限温暖。实际上这几处兴趣点，均是文章精彩所在，深究下去，涉及了文本的中心情感、阔大境界、不懈追寻所在。这样的对文本的个性化深度解读，相信会促进课堂教学中的精彩生成。试想，照搬教参怎能实现个性化解读呢?

2. 从文本作者的角度阅读文本，尊重作者原意。在教学中，会出现很多脱离文本的随意解读与拓展，甚至会闹出许笑话。这和严重脱离作者的原初本意有关。曾记得，有种解读《水调歌头·中秋》的方法，把“高处不胜寒”一句理解为担心受到小人的陷害，“琼楼玉宇”理解为朝廷所在。我们姑且不论当时作者是否真的这样想，但就内容理解而言，即使如此，苏轼也会直抒胸臆。实际上，生活中，不仅政治上的不如意给苏轼以高处不胜寒之感，更主要的是人到中年的心灵上的一种凄寒，还有亲人都不在身边的孤寂。单是指向某种具体的现实境遇，不仅与丰富的诗意不符，也违背作者的原意和性格。断章取义或寻章摘句或肆意曲解，只能给读者和作者带来麻烦，如果给别有用心之人以可乘之际，甚可造成严重的后果，苏轼后来的乌台诗案不就是例证吗？尊重作者的原初本意，才会真正实现与文本的契合。

3. 从教材编者的角度审视文本，挖掘文本的教育功能。教材编者往往考虑文本的典型性、思想性、目的性，教师要结合文本，按照课程标准和年段学习目标，认真挖掘教材文本的内在价值，以最大化实现教材的教育功能。《水调歌头·中秋》中，教材编者要借此篇了解作者生平，感受豪放词风，领悟“千里共婵娟”的美好情怀。基于此点，教师除了要研读词作本身外，还要研读有关作者生平的相关材料及不同阶段的代表作品，还要研读宋词当中豪放词派的代表作家和作品，并且将其融会贯通，形成一种系统的认识和理解，甚至教师要生成一种文学素养的厚淀和关怀天下、心系苍生的人文情怀。只有如此，教师对教材的理解才能和教材编者的意图领会相契合，最大化的实现文本的多重育人功能。

4. 从所教学生的角度审视文本，确立教学的起点和策略。在研读文本时，还要有一种基于学生的目标的放低与重建：自己所教的学生的学习基础是什么，已经达到了什么程度，在此基础上还要学习什么，学到什么程度。在学习《水调歌头·中秋》时，要考虑：学生此前已经学过苏轼的《江城子·密州出猎》，对作者并不陌生，对豪放词派和风格也已有所接触；同时，通过以前学过的“春江水暖鸭先知”“只缘身在此山中”等诗句，学生对“诗哲”的形象已经有所感知，联系日常生活中关于苏轼的各种传说，可以对苏轼形成一种印象。那么，在此基础上，学习《水调歌头·中秋》，结合读者、编者、作者的转换，进一步确定教学目标，这就比上文更深了一步。同时，依据学生的兴趣爱好、习惯差异、学习风格，对如何施教有一个总体的策略架构。

5. 从老师本身的角度驾驭文本，精心设计教学过程。在对教材完成读者、作者、编者、学生的体验后，教师要进一步在网上搜集材料，参考名家教案和课堂实录，完善课件，精心设计教学活动，同时认真考虑：基于预习加展示的教学设计，学生在预习阶段要怎样完成；在课堂展示环节要怎样进行；如何基于学生为主体的观念基础激活学习全程；如何进行文本巩固训练；如何系统展开能力训练；如何布置有效作业；如何基于课堂开展学科活动及综合性学习；等等。教师应从教师角色本身出发，在教学中充分使用文本，并依托文本展开训练，使文本的效益最大化。

总之，对教材实现了“读者、作者、编者、学生、教师”四个角色的研读，实现深体悟、广吸纳，才能真正研透文本，从而实现“用教材教”而不是“教教材”的境界。

精彩的语文质量检测试卷

笔者曾到九十中学进行全市质量检测的带考工作。带考语文时，在巡考之余，我和学生同步做了一遍九年级语文检测试卷，深为试卷新颖活泼的考试题型、开阔厚重的人文视野、注重能力的深刻考查、情感思维的发展关注所感染。

从题型和整张试卷的结构来看，较之以往的试卷，变化非常之大，明显向高考题型靠拢，注重初高中衔接。高考语文试卷，紧扣语文学科的本质和特色，以发展思维和健全情感为主，分阅读和写作两部分，阅读包括小阅读、大阅读、课外文言文阅读、古诗词鉴赏、语文基础，写作基本为给材料作文。本次的全市质量检测试卷，分为语文积累、文本阅读、写作表达三部分，非常富有文化和思维含量，虽然试题难度很大，很多同学会不适应，但是这并不影响题型的创新和试卷的高质量，做惯了古诗文阅读、现代文阅读、名著阅读、综合实践及作文题型的同学，会有耳目一新的感觉。

第一板块，语文积累部分：涵盖广泛，视野开阔，注重积累，发散思维。

语文积累部分共八道小题，一共30分，涵盖非常广泛，包括了先秦散文，如第2题对《礼记》《老子》《论语》《孟子》的考查；古典诗词，如第1题、第6题，这里还涉及古代文学的经典意象，如“杨柳风”“明月夜”，非常优美；课内名篇，如《岳阳楼记》中名句的默写及解释；现代美文，如朱自清的

《春》、鲁迅的《从百草园到三味书屋》《故乡》《社戏》《孔乙己》；还有四大名著，如《三国演义》；文法修辞，如第4题；美好童话，如第8题，让学生徜徉在文学世界里而欣喜不已、别见风景。这么大容量的考查，对学生来说是前所未有的。有的人可能会有这样的疑问：很多文章学生没有学过，是否属于超范围考查呢？但是我们细看，就会发现：所超的范围并不影响学生答题，同时为了给学生提示和思考的空间，出题者还以选择题的形式出现，在积累题中考查并发展学生的思维，也是本次试题的高妙所在。

此部分还有两个特色，一是对四大名著的考查，是以图画形式出现的，这也是一个极大的创新。一般来说，语文要用语言去塑造形象，忌用图画来展示，但是用在这里我们却感到很精彩，一是增强了试题的趣味性，另一个是借助图像来呈现对原著的记忆，更有文学与美术的形象思维的相同之处。所谓言外之意、弦外之音、象外之旨，由此看出出题者具有极强的创新意识和很高的文学音美等方面的艺术修养。

还有一个特色就是第8题，要求学生推荐一篇童话，并要谈出人生启示。看，既注重读书积累，又注重理解感悟，并通过介绍及推荐的方式来表达内心的情感，设计得非常新颖。我在答题时，选的童话是《白雪公主和七个小矮人》，因为这个童话给我的印象很深刻，小矮人的善良、皇后的狠毒，白雪公主的美丽，都刻画得惟妙惟肖；白雪公主去世时的悲伤，及至后来复活之后的欣喜，到现在还能牵动我的思绪，小时候我的文具盒上的图案，就是白雪公主和七个小矮人。相信学生在答题时，虽然会觉得很难，但是题目却会牵动学生儿时的美好回忆，不能不赞叹出题者的胆量和智慧。

第二板块，文本阅读：联系生活，现代时尚，乡情悠悠，大美自然。

文本阅读更是和高考题型靠拢，一共三篇文章，第一篇围绕时下流行的歌曲《小苹果》选了三则材料，第一则是用叙述的方式介绍了《小苹果》神曲的火爆；第二则引用了音乐专业人士及心理学家对《小苹果》的评价及火爆原因的分析；第三则选了一些网上及一些专业人士对歌曲的分析。

我想出题者是基于现在网络碎片化阅读及多元评价的娱乐生活现状而进行引导，培养学生对社会的关注及批判性思维，设计了三道试题，分别从内容理解及个性观点的角度阐述，便于学生发散思维。但是我的观点是，出题者在甄选材料的时候，还是侧重于批判《小苹果》，谓之“口水歌”，要求学生对流行热炒的所谓时尚保持客观冷峻的态度固然正确，可是存在的就是合理的，流行的必然有大众喜爱的元素在里面。一些所谓的专业人士，只知墨守成规孤芳自赏自谓阳春白雪，自己没有什么惊人的创作，但是却对大众都接受的予以批判斥之为下里巴人，以显示自己的高超，这一点鲁迅在其作品里早就有过讽刺，所谓“吃不着葡萄说葡萄酸”；只知嫉妒，不情为他人鼓掌，这种思维和劣性是绝不能传给学生的，所以，我在答第三题“谈谈你心中的好音乐时”，观点就是：带给人们好的感受、恰当抒发内心情感、与人的某种心境相契的，都是好音乐，而不是那些所谓专家的酸葡萄喜好。

第二篇阅读是《春天里》，是一篇回忆性散文。我感觉文章做了删减，以致质量一般，不足以打动学生。这篇阅读也是设置了三道习题，分别从内容、写法、主旨等角度考查。我很感兴趣的是第3题：“读完本文后，你对春天有什么认识？”我感到：万物复苏、欣欣向荣的春天是充满希望的，小时候倍觉美好，成年后回味更感温馨，几近人生的深秋或是不如意时，那种春天的回响更令人慰藉，同时，这篇文章给了我想写一篇关于家乡春天的文章的冲动。

第三篇考的是袁宏道的《满井游记》。文章比较好懂，但是作为九年级的学生，仍然显得过长和难懂，习题设置得也非常难，尤其是第2题，考到了白描的手法。虽然学生在《湖心亭看雪》中学过白描的手法，并且出题人是以选择题的形式出现想降低题目难度，但是仍然会让学生不知所措，这道题的设置值得商榷。

纵观整个文本阅读，选文质量一般，文言文过长过难，有的带有出题人的主观色彩和隐形诱导，但是试题出得非常好，基本都是围绕中心、内容、写法来设计的，非常富有特色，并且写法题有鉴赏的设计，设计中心题有自己观点的阐述，开放性很强，确实很有水平。

第三板块，写作表达：贴近生活，关注真善，融通思考，哲学启迪。

作文的考查更有新意，既是综合实践的考查，又是大作文的写作，人生深度、生活广度、社会高度，都有体现。

第一道题考的是网络利弊的话题，给了两幅漫画，立意鲜明，旨在通过写作让学生进一步加强对问题的理解。随着网络的普及，其双刃弊端进一步显现，有些问题已经成为严重的社会问题，如网络诈骗、淫秽传播、造谣生事等，都会造成严重的社会危害；即使用于工作和消遣，长期沉湎于虚拟的网络空间，不但会使自己的精神怪异不诞，还会疏远自然荒芜生活甚至异化自我。学生自己的积累及漫画的提示，会使这个话题有话可说，也是此题得分的关键所在。

第二道题考的是对冰桶比赛的看法。即使学生在媒体上没有关注，通过题干语言的介绍也会全然了解，我就是这样。慈善事业当然是好事，但是借此吸引眼球为了盈利，就会使慈善事业大打折扣。可是，我的疑虑是，有些不完全意义的慈善，我们怎么看待？有些一毛不拔的铁公鸡，还不如有些瑕疵的慈善，但是铁公鸡们却得不到舆论的批判，即使是有些伪善的慈善，我感觉也比丝毫无同情心的行为要好，所以以前有一篇文章叫作“敬请伪善”——功利的社会，很容易产生“记人小过，忘人大德”的行为，实际这种观念很容易产生忘恩负义的小人，世界上没有完全的绝对的真善美。所以，我答此题时，阐述了一下宽容的观点及对真善美的认识，切不可如我刚才所说，记人小过，忘人大德，如果这样的话，容易忘恩负义、也会反复成仇。

第三道是大作文，给了两则材料，都是关于“变”的，第一则材料是关于社会及生活的发展变化的，第二则是关于一个人一生的发展变化的，时间关系，一直在忙于考务，今天我没有完成对这篇文章的写作，但是我感觉“变”是主题，要抓住变的关键环节，注重人的精神力量及对人的主观能动性对变的关键作用。辩证唯物主义哲学有三大规律：发展变化、对立统一、否定之否定，而变化是基础，出题人从这个观点来立意，并结合实际，正是深入浅出、题近旨远、文道统一、哲思深刻之体现。

这套试卷会引起很大的争议，因为题量、题型、难度、观点，最终结果不能妄定。但是，在这套试卷的指导下进行语文学习的学生，必定是“关心生活、注重读书、积极思维、情感丰富、心怀天下”的智者和仁者，而绝不会是“只会应试、死记硬背、不知思考、唯书唯上、没有个性”的书虫和腐儒！

我以一个语文教师的名义，为此套试题点赞！